羊式型人間模擬機

犬怪寅日子

Torahiko Inukai

The Android Slaughters Human Sheep

早川書房

羊式型人間模擬機

装画：金井香凜
装幀：田中久子

家系図

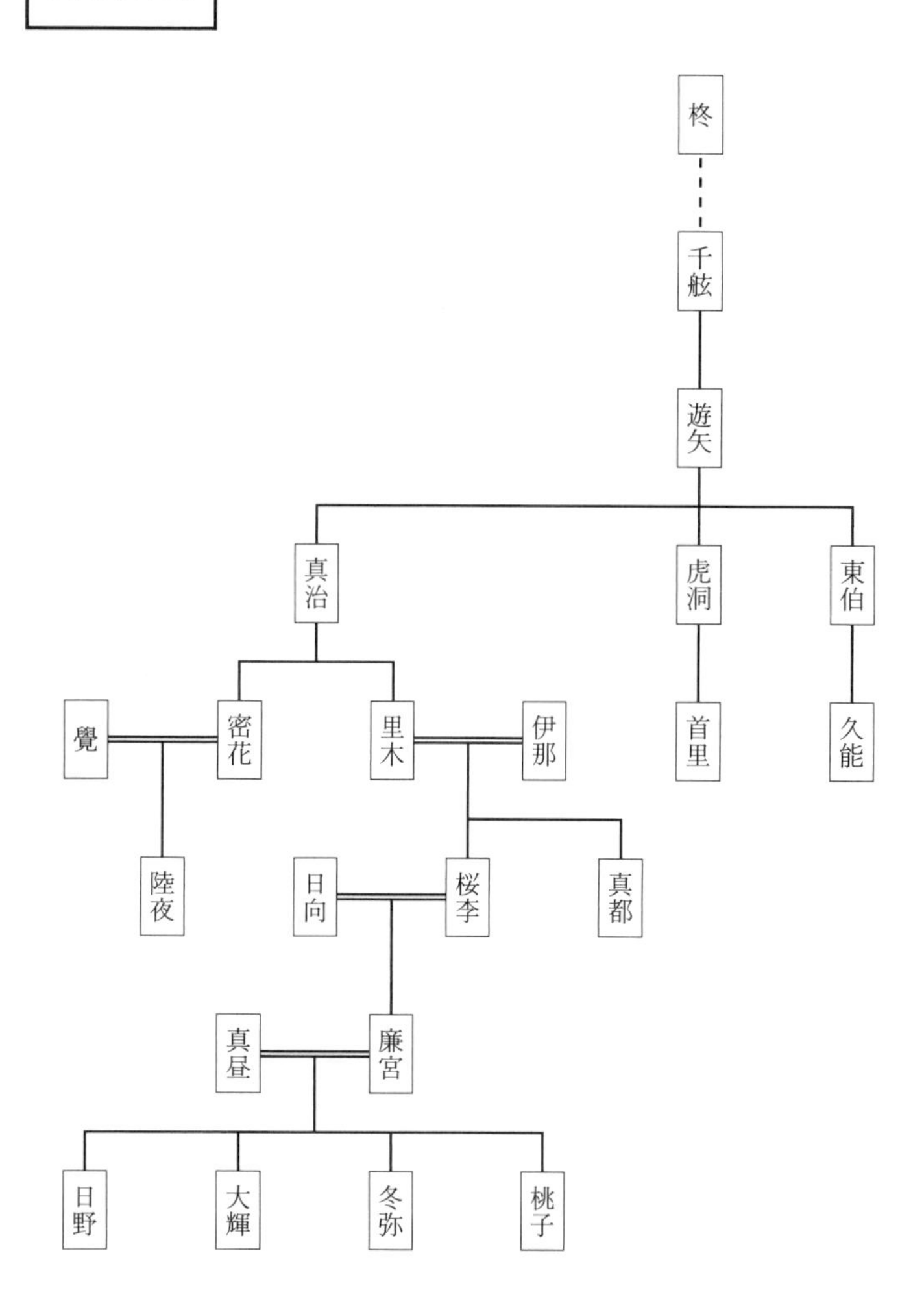

一

きょうのあさ、だから今朝、大旦那様が御羊（おひつじ）になられた。太陽はすでにのぼっていた。大旦那様の部屋のドアーは堅く重たいものである。固く重たく太い木なので、叩くと叩いた方の体がゆれる。大旦那様は耳の聞こえないようになっているので、もとより返事はないのだった。まずは廊下のジェイドの水差しの細い首をいつまでも傾けて、ドアーの前に葡萄酒をたらす。理由不明であるが大旦那様はそれをせずにドアーを開けるとたいそうお怒りになられる。葡萄酒には匂いがあって、それは鼻の内側がすうすうと鳴る匂い。ドアーには取手がついていて、それは蛇という名の生き物に似て、太く、腹を浮かすようにしてややゆがみ、のっぺりとして堅く重たい太い木のドアーにずっとついている。きのうのあさ、それはつまり昨朝？　そのときもへびはそこについていた。

「おおだんなさま」

八回声をかけた。理由不明だが、三回ではいけないし十七回でもいけない。八回声をおかけしてからお部屋に入らないと、大旦那様はお怒りになる。大旦那様は朝にお怒りになると一日お怒りになる回数が増えるので、朝はお怒りさせないほうがよい。へびごと太い板をおして中に入ると、窓のそばに巻いた毛がいくつもいくつも存在し、そのうちの一本が浮いており、あさのひかり、それは朝光というか、調光、朝高、兆候、でてこないので言わないのかもしれないが、光にさらされ巻き毛は浮きつつ、光りつしてあった。

「大旦那様」

対面のときには自然な語調で声をかけるのがよい。外からの呼びかけでは、やわらかくしなやかに、というのが大旦那様の言いつけであった。しかししかし、すでにして大旦那様は寝具の上で御羊になられているので、そのようなことはもはや、守る必要はなかったのかもしれず。許諾がないので、失礼をして、寝具の上の大きな毛のまとまりと、ほんの少しの顔である生き物を、やや覗きこんでみる。おそらく御羊であろう。いいや、御羊である。すこし記憶がとおく、記録？　それが遠いので、御羊の顔をすぐには思い出せなかったようだ。ドアーのそばの葡萄酒の掃除をするのと、この知らせをご家族にするのとでは、どちらが優先であるのか。おそらくは後者であると、すぐに解析がおわった。しかし御羊が裾をかんでいる。

「大旦那様、わたくし、おしらせにまいりますので」

御羊の口を上と下、もちあげて離し、真鍮（しんちゅう）の花瓶に入っている細長い緑の穂を鼻先へさしだすと、御羊は口を上下よりは左右に動かし、ともに首を動かし、寝台をゆらし、穂を食（は）みはじめたのだった。葡萄酒を飛んで廊下へ。大旦那様の、いいえ、御羊の、別邸の近代建築は三階。壁は白色の中にほんのすこし翠玉（すいぎょく）のまじった、草餅のような色味。土の匂いがいつまでもする三階の奥。それが大旦那様の寝室。つまり、次の旦那様、大輝(だいき)様のいる本邸へ参るには陽光の差しこむ踊り場を二回、しかし今朝はまだ早かったので光はさほどではなかった、やや薄暗かった、それを経由して、孔雀(くじゃく)の寝床の渡り廊下も経由、孔雀はしかし起きていた。それから次兄の冬弥(とうや)様のご相棒であらせられるヌマワニの池の端の端を窓の向こうの遠くに眺めながら、走り、走り、その先にある板戸を開け、深い紅朱の絨毯廊下を、走り、走り、犬のポチはもう起きていて、共に走る。猫のタマはまだ眠っており訝しげな眉。食堂の白色のオーブンと八つのコンロを横目にまた走り、サロンにたどり着くと、朝のお花を生けている長女の日野(ひの)様の横、活けらるるお花たちをぼうっとして眺め立ち、口の端からブラシの柄と泡をみえ隠れさせている大輝様の前に至った。

「あら、ユウ」

まず日野様が声をあげ、長い長い黒い黒い髪の端を持ち上げ、ぱらぱらと指先から落とされた。

「ちょうどよかったわ。髪を結ってくれる?」

「ええ。日野様、ええ」

思わず頷き日野様の髪を触ると、それはそれは艶めいて柔らかく、指の腹から御髪(おぐし)のこぼれるはらはらが聞こえるようであった。大輝様はそろりと振り返ると、お勝手口を開いてすぐの小さな湿った森となった雑草たちの上にお口の中のものを吐き出して、口の端のかすかな泡をそのままに戻って来られ、こちらを見下ろし首を傾けられた。

「俺に用事だろう」

「ええ、ええ」

わたくしが日野様の御髪を櫛で梳かしながら応えると、あらやだ、と日野様は口に手をあて、直線の前髪を揺らして笑われた。

「嫌だわ。今の言い方。俺に用事だろう？　俺に用事だろうですって。ねえ、ユウ」

「何かおかしかったかな」

「おかしかないわ。嫌だと言ったの」

「でも、じゃあなんて言えばよかったんだろう」

「何も言わなければよかったのよ。用事は向こうからやってくるのだから」

「そういうわけにもいかない気がするよ。ユー。用事はなんだい？」

大旦那様が御羊になられたことを伝えると、大輝様はいちど目をお開きになった。それから静かに微笑み、二回頷き、日野様に向かって肩を少し上げて、下げて、眉を下げた。

「こういう用事は自分から迎えに行ったほうがいいんだ。そうだろ、姉さん」

「それでなにかが変わる？　変わらないわよ。ねえ、ユウ、祝いの髪に結ってね」

「ええ、ええ」

すでにして日野様の御髪は、お身内が御羊になられた際の祝髪に結い終わりつつあった。髪の上半分をまとめ、それをまた半分にして下向きの輪をつくり、御羊の角の生長を願うのである。大輝様は口の端の泡をぬぐい、水色の繻子(しゅす)のパジャマの腿のあたりを二度指先で掻かれた。

「さて、じいさんの肉はうまいかな。俺は父親の肉を食べたことがない。ユー、親父はどんな御羊だったろう」

大輝様のお父様、つまり大旦那様のお次に当主になられるはずであった廉宮様は大変に体が弱くていらっしゃした。くわえて、少々他の方とは異なる性質をもっていたように思われる。ぶ厚い虫眼鏡をもって、いつでも土の上に両の膝をつけ、両の手とあわせて四つでどこまでも歩き回られていた。体重をかけ這い回るので、手のひらにはいくつも小さな石が埋まって、そのうちのいくつかの石はそのまま廉宮様のお体の一部になってしまわれた。お勝手口の外の雑草の密林は、廉宮様が苦労して作られた意味のない特別な景色である。遠くお庭の果ての滝まで這って、落ちゆく滝々の裏側に生えるシダ類を連れてきては、何度となくお勝手口の裏に移植しようとされていた。

「うまくいかない。ユゥ、どうしてだろう」

廉宮様のお洋服はそのお祖母様、つまり大旦那様のお母様である里木様が古くに着られていた学童時代の水兵服で、汚れたさきから新品のようなものがいくつもいくつも簞笥から出てくるのであった。背中側の襟にはどれも小さな刺繡が施してあり、廉宮様はそのうちのナナホシテントウの柄と、アズマモグラの柄を特に気に入ってらした。その日はオヒキコウモリを背に、少しばかり前に勝手口の裏へ連れてきたシダの、穂先の茶色く溶けているのを覗き込んでいらっした。

「なにがいけないのかな、ユゥ」

「ええ、元の住処とはずいぶん暮らしが違うようですから」

「なにがちがうんだろう?」

「お水がすくないように思います」

「ううん。そうか。あそこは滝の水がかかっているからなあ」

思考を錯誤して、試行錯誤をして、廉宮様は生涯を勝手口の裏の名もなき密林にささげられた。そのうちに移植もお上手になって、雑草共は不思議と、いともたやすく勝手口の裏に住み着くようになり、暗く湿ったちいさな森を作り栄えていた。あたりはだいぶん湿り気を帯び、色濃く、さまざまの生き物が住んでいるとみえ、夜中には獣の鳴き声が聞こえるようである。そうしていつだか、土の増強のお手伝いに一輪車を押している際、ふと廉宮様はこんなことを申された。

「ユゥ、お前の小さな細い腕は、いつまでも同じ長さをしているな」

「ええ、ええ。わたくしは十一の年頃の体です」

「うん。それはとてもいいことだ。とてもいいことだと僕は思うんだ」

成長されると廉宮様は熱の出される日が多くなり、土の上を四つん這いで動きまわることができなくなると、みるみる衰退されていった。許嫁の真昼様はその時まだ十四のうら若き少女であり、ちょうどそのときは、南の島へのバカンスへと向かう船の中にいらっした。熱にうなされる廉宮様から白い体液を取り出すのは、なかなかに骨が折れる作業であったが、どうしてもという大旦那様のお言いつけであったので、奥医師となんとかして取り出し氷漬けにしたのであった。そうして二十日ほどの長雨が続いた夜中、廉宮様は雑草の密林の奥に住むだろう獣たちへ肉を届けようと寝台を抜け出し、お勝手口まであと少しというところで御羊になられたのであった。

廉宮様は御羊になられて幾分かで亡くなられたとみえ、そのようなことは初めてで、とにかく即座に饗する必要があった。たいていは、御羊になられて三日、どんなに短くとも二日は御羊の姿で生きているものであり、適宜、絶命を見極めその直前捌くものであるが、廉宮様にはそれができなかった。

死んでしまってからの、しかも息子の御羊を食べるという事業はなかなかあることではなく、大旦那様は眉根をよせつつ、やや固くおなりになった御羊の肉を味わっておいでだった。

真昼様はそこにはおられなかったので、御羊は饗されなかったと記録がある。遠く南の島まで乾いた御羊の一片を送ったが、空から帰ってこられる真昼様と御羊の肉一片はどこぞで交わらない交差をし、そのまま行方のしれぬようになったのである。今でもどこか、暖かい場所で、おそらくは本当の密林で、あるいは獣に饗されているかもしれず、そう思えば廉宮様の若き情熱も報われようというものだが、大旦那様は真昼様が御羊を饗されなかったことをいつまでも大層お嘆きになっておられた。

十七の花盛りとなった真昼様に保管されていた廉宮様の白濁がそそがれ、長女の日野様がお生まれになり、大輝様がお生まれになったのはその後のことであるので、大輝様が父親である廉宮様の御羊肉を食べたことがないのは、であるから、それは、ごく当然、至極真っ当なことである。

「廉宮様はそれはそれは立派な角をお持ちの御羊でした」

御羊になられてすぐに亡くなられてしまったので、事実の廉宮様の角は爪の先程度のものしか出現しなかった。しかし一族の歴史書には立派な角と書き記されてある。前代未聞の、無先例の、前古未曾有の、果てしのない長さと猛々しさをもった角であると、書き記されている。すると大輝様は頷かれた。

「そうか。うん。お祖父様の角もきっと立派なものになるだろう。ユー、御羊のことは頼んだよ。俺は初めてのことだから」

大輝様は早くも旦那様の貫禄。すこしおっとりとされているが、一族のすべてを受け入れる寛大な器をお持ちである。さっぱりきっぱりとした日野様と共に、立派にこの家を守っていかれるであろうと思われる。

「ねえ、ユウ、早くおちびちゃんたちにも知らせてあげたらいいわ」

「ええ、ええ」

　太陽は徐々にてっぺんを目指している。お庭にそそがれる陽光の下、植物たちは各自の色を光で洗い清めているようであった。お庭の生き物たちは廉宮様の密林とは色の汚れがまったく違う。細かにどこまでも管理徹底、毅然として優美で、そうして未知の現象にことごとく弱い。次兄の冬弥様はおそらくヌマワニのお近くにいるはずなので、遠く見える森の池へと向かう。森へと進むにはなだらかな丘をひとつふたつ越え、丘に挟まれたなだらかな谷の蓮池を越え、またひとつの丘を越えれば到着する。その谷の蓮池の小橋を渡っているところ、その向こうから声が掛かった。

「ゆー。冬弥兄さまをおさがしですの？」

　お声に向かい、なだらかな円を描く橋の頂点までゆけば、橋の終着のその向こう、波打つ芝生の上で末の妹御、つまり末妹の桃子(ももこ)様が布と綿の動物様方とピクニックをしておいでだった。薄い水色のシーツを芝の上にお敷きになり、お茶会の真っ最中。主賓は赤白のバク様。横には珊瑚色のドードー様。若緑色の子豚様。不言色(いわぬ)のセンザンコウ様。その他お歴々が首をそろえている。桃子様はここ最近、特に気に入られている茶葉をつかって動物様方を持て成しているご様子。

「ええ、桃子様、冬弥様をさがしております。桃子様にもそのあとでご用事が」

「ねえ、ゆー。これは花のあじがしておいしいわ」

「またご用意します」

「朝はみんなでお茶をすることにしたの」

「ええ、ええ。とてもよろしいことです」

水色のシーツの先には本物の蜜蜂が参加しているようだった。おそらく、それは言わぬがよいことである。桃子様はくたびれた白色のうさぎの両の耳を握りこんで、振り回し、皆さまとのお茶会へのよろこびを表現している。動物様方の中で、うさぎの彼だけはどこにでかけるのにも共におり、毎度大怪我をして帰るのである。もはや綿はすべて入れ替わって、外布もあと一片ばかり本来の肌をたずさえているのみである。

「わたくしもいっしょに、お兄さまをさがしますわ」

そういうと、桃子様はお茶会をうさぎに託し立ち上がられた。うさぎの彼は耳がへたり、両の目を耳で隠しながら、下座にぐったりとして、お茶会の主人をになわれる。首元から綿が少し出ているようである。また帰られたら糸で繕う必要があるだろう。

桃子様の手は小さく、しかし指にはふくふくと肉がついている。人と歩く時には手をつなぐもの、それが子女の礼儀であると桃子様は重々理解しているようであった。桃子様の体は芝の弾力にはずみ、ときどき飛んでいかれるような気配があり、そのたび握る手にほんの僅か、力を込めるけれども、おそらくは無駄な努力である。桃子様がその気になって空を飛び始めたら、わたくしのこの小さな十一の体の重さでは、共に空へ浮かんでいくしかないであろう。

ヌマワニの池は広く、黄土色に濁る中央地と、白砂がおどる境界地、緑玉の輝く外遊地が複雑ならねりの線でもて分かたれて、ときに混ざり、酔いのまわる景観を誇っている。お子様たちのうち、長女の日野様には真昼様の闊達さと自由さが、長男の大輝様には廉宮様のひらめきと鷹揚さが、末の桃子様には両名の夢見心地が受け継がれた。そうして次男の冬弥様には、真昼様の意固地と自意識、廉宮様の落胆と遮断、またあるいは一族すべての感情の澱、そういったものが受け継がれているようであった。きのうのよる、つまり昨晩、ヌマワニのお食事である科学的栄養素のつまった四角を食冷蔵庫にいっぱいに詰めておいたが、今朝はわずかばかりのものが残っているだけであった。冬弥様は廉宮様から受け継がれた一輪車にそれらの四角を乗せてでかけたとみえ、池のまわりのぬかるみに、よろめく一本の筋がみえている。

「冬弥兄さまは、このごろはコトウをつくっているのです」

「ええ、ええ」

「ぽつねん島、とおっしゃるの」

ぽつねん、ぽつねん、という言葉とともに桃子様がまた飛んでいかれそうになるので、しっかと小さな肉の手を包みこみ、土に繫ぎ止めつつぽつねん島を目指し征く。冬弥様は廉宮様の夢でなく悪夢を受け継いだうえ、真昼様の遠い場所への焦躁をも受け継いでおられ、表の庭は明るく美しく、奥地の池周りはおどろおどろしい陰りで彩られている。

「あすこよ」

孤島には太陽からの直射が今まさに振り降りているところ。ヌマワニはその陽光で皮膚を焼き、背中の虫々をこらしめるついでにまぶたを深くおろしつつ、しずかな呼吸を繰り返し繰り返しているところ。冬弥様はその傍ら、コトウの縁に植わった緑の子どもたちの、きらめく花弁の先を触っているようである。

「冬弥様」

孤島へ向かうには複雑に浮かぶ水丸太をひとつひとつ、踏んでいかねばならない。桃子様を抱きかかえ、間違えのないようにゆっくりと進んでいると、中腹で冬弥様が両手をこちらに伸ばされた。

「冬弥お兄さま、おはようございます」

桃子様は花の香りをさせながら、冬弥様の腕に移っていかれ、鼻先の甘い匂いが消えれば、風の涼やかさが肌を寂しくさせる。冬弥様は素早く水丸太の上を移動され、桃子様をぽつねん島へ下ろすと、こちらへも手を伸ばしてくださるのであった。しかし、こうした細やかな神経は冬弥様の別の神経を食いつぶす虫であること。

「ありがとう存じます」

「この子、おきていますの？」

桃子様はヌマワニの眉間を撫でてそう仰ったが、たしかにヌマワニはまぶたを深いまま、今や少しも動いていないように見受けられた。背中で苔が輝き、亡くなりたての神のよう。冬弥様は桃子様をそっと自分の膝の上に乗せられ、同じように少しだけヌマワニの眉間を撫ぜ呟かれた。

「眠っているよ。ご飯を食べたからね」

「そうですの。たくさん召しあがった？」

「そうだね」

「お茶をさしあげたかったわ」

桃子様がポシェットを叩いて花の茶葉の存在を示すと、冬弥様は静かに微笑まれた。

「かわりに僕がもらおうかな。お茶会は？　今日はもう終わったのかい？」

「きょうはうさぎにかわったのです。冬弥兄さまには午後にお茶をさしあげます」

「うん。そうだね。今日は午後もいい天気だから」

ヌマワニの呼吸はどこまでも深いようであった。死を真似るような細く永遠に続く長い息。その横で冬弥様が見遣るのは池の縁、人間の目には見えないほど遠くの岸で、子鹿の一匹死んでいる。足がちぎれ朽ち、もしかするとそれは嚙み跡であるのかもしれなかった。冬弥様はきょうのあさ、つまり今朝、それをご覧になったのだろうと思われる。

「塚をつくりますか？」

そう申し上げると、冬弥様はヌマワニの呼吸と同じ速度で微笑まれた。

「うん。そうだね」

微笑みは途切れ。

「ところでU、君は僕に何か用事があるんじゃないだろうか」

「ええ、ええ」

大旦那様と冬弥様は一本の糸ほども類似した場所がなく、すべて、何ひとつをとっても通じないのであった。正反対でさえなく、交わらぬ別世界の感情、思想、体軀、もろもろのすべて。ただ血のみを共有しておられる。

「今朝、大旦那様が御羊になられました」

　桃子様はちいさな歌を奏でておられた。小さな、可憐な、楽しげな、まさに桃子様そのものの音のつらなりである。歌は花のように香りのように、かすかに空気に混じりとけ、孤島はあたたかくある。

「そうか。うん。そうなんだね」

　冬弥様は二度つぶやいて、まだ細く柔い桃子様の髪を掬(すく)って祝いの髪に結いはじめ、そうして幌(ほろ)を被せるようなお声で桃子様に伝えられた。

「もも、おじいさまが御羊になったよ」

「おひつじに？」

「御羊になったら、どうするかわかる？」

「お肉をいただくのよ」

「そうだね。僕たちはおじいさまの御羊肉を」

　ふと手を止めて、冬弥様はまた遠くを眺めた。鹿はただゆっくり死んでいる。冬弥様は、もちろん日野様も大輝様も桃子様も、これまで誰の御羊も饗されてはおらず、孤独な血のみを受け継いでおられる。その事実は日野様の体で渇望となり、大輝様の体で期待となり、桃子様の体で余地となり、そうして、冬弥様の体の中では、忌避となっている。

「おうちをかえるのね？」

　桃子様はヌマワニの苔むす背中の上に指を歩かせ、弾ませながらすぐ先の未来を夢想されているご様子。

「おじいさまの新しいおうちをたてるのでしょう？」

「ええ、ええ」

それはわたくしの役目。御羊にまつわる諸事こそが、わたくしの存在の源。冬弥様はヌマワニの食された疑似食のかけらを指でつまんで、指の力の中ではじける様をご覧になりながら静かに頷かれた。疑似食は飛び散ると、蛍石の色味をほうぼうへ分け与え、砂や池や草や鰐の肌にひっついて消えていく。冬弥様は指先に残るきらめきを、呻き声に似たかんばせでもって、眺め、こちらへ双眸を向ける。

「僕に手伝えることはある？」

「ええ、ええ」

御羊の御殿を建てるのには、白樺の建材が必要である。

さあれば日のてっぺんに昇る前に済ませてしまおうと、冬弥様と共に、朝食後のまどろみをすっかり終えられた大輝様が森の奥までご一緒してくださることとなった。ヌマワニの池は果てには沼となり、白樺の森はその果ての向こうの霧の先にある。重々準備をして出発し、池の果ての沼の先の霧の中へ入ると、大輝様も冬弥様も人体の形が溶け、声だけが水の粒を伝ってあちこちから聞こえるようになった。

「冬弥、明日は祝いの席だ。お前も御神酒（おみき）を飲むんだよ」

「うん。兄さん。わかっているよ」

「瑠璃（るり）を飲むといい。瑠璃は舌にこないからな」

「そうかな。本当に？」

「甘いのを作らせるさ。それから少し白粉（おしろい）をはたいて、紅も引くといい」

「紅はあまり好きじゃないな。しなくちゃだめ？」

「眠りの浅い顔色だ。やはり部屋を別にしないほうがよかったんじゃないか」

「変わらないよ。もう無理なんだ。変わらないんだよ、兄さん」

「そんなことはない。お祖父様もいなくなるんだ」

「お祖父様は関係ないよ。僕はもう頭が弱っちゃったんだ」

「馬鹿を言うな。俺がきっとよくしてやる。そんなものはすぐよくなる」

「そうかな。うん。そうかもしれないね。兄さん」

霧の中、あちこちから聞こえるおふたりの声に混じって、遠い場所から狐狸の遊び声がする。彼らは森の空気の中を走り飛び、すぐ近くへ来たかと思うと、次には幻のように遠い声をあげている。狐狸たちの声を引き連れて、霧々を歩き、歩き続けると、まず大輝様の人体に縁取りがつき、ついで冬弥様も人体を取り戻した。景色が目に戻り、ぬらっとした細い長い白い脚が空へ向かって伸びている。白樺の森にたどり着いたのである。頭上からは無数のさらさらさらさらの音がする。しかし葉の姿は霧に隠れて見えず。

「これがいいんじゃないか？」

大輝様は傷の若い汚れの少ないものをお選びになった。老いた権力に若い繊麗（せんれい）の搾取と犠牲はつきもの。わたくしはさっそく体にロープを巻き付けて、白樺の頭を切り落とす旅に出る。冬弥様は古い、幾筋もの深く醜い傷を付けた老木に手をかけながら、わたくしの旅の見送りをされた。

「気をつけるんだよ、U。無理をしてはいけないよ」

「ええ、ええ」

「冬弥、こっちへおいで。俺たちはもう少し離れよう」

「うん。わかっているよ、兄さん」

ご兄弟が白樺の細い脚々の間を縫って離れてゆく。冬毛の獣たちも遠目から、こちらの様子を窺っているようだった。おふたりが安全な場所へ退避したのを確認して、上へ上へ、天上へ、木登り爪を使って昇っていく。かさかさと葉の音が近づいてくる。上へ上へ、ずいぶんと昇る。そうしてついに、てっぺんの近くまで昇っていくと、あたりに陽光が差し込みはじめた。霧の上で光がぬくぬくと遊んでおり、外界へ降り注ぐ気持ちは少しもないといった気色。そのぬくもりの中、白樺の緑の小さな葉子どもたちは、風もないのにさやさやと身をふるわせて遊んでおる。わたくしが昇ってきた白樺の首の先に刃を入れても、他の者たちは知らぬふり、それればかりか、もはや半分も首の切れたその白樺のてっぺんにいる緑の葉子どもたちでさえ、すぐ先の未来で自らが土の上へ落下しようとは思っておらぬよう。さやさや、そよそよ、くすぐったそうに笑うばかりである。刃の音がいよいよ高くなってくると、なにかに気がついたとみえて、緑の葉子どもたちは、あっというような声をあげた。すでに刃は陽光に光り輝き、白樺の首は外界へ落ちたあとである。首のなくなったので少し降りていき、同じように適宜の長さで白樺を切り落としていく。麓まで着けば土の上に白樺の首たちが乱雑に落ちている。まる。そのうちのほとんどは大輝様と冬弥様の手によって、ロープで美しくまとめ上げられている。またいつの間にやら老驢馬（ろば）のゼーロン氏が、眠ったような顔を大輝様の方へ向けていた。さきほどから大輝様がいくら呼んでも来ないとぼやいていらっしたが、そこは老獪なゼーロン氏。帳尻合わせで最後にはどのような場所であっても姿を現し、怠惰と不服の混じった視線で主人を見ているものである。御羊御殿の建材は十分に揃った。

「さあ、もういいだろう。さあ、行くんだ。さあ」

大旦那様はよく何十何百とゼーロン氏の尻を叩いたものであるが、それでも気が向かなければゼーロン氏は自らの歩みの態度を変えることはなかった。しかし大輝様はゼーロン氏の尻を叩くようなことはせず、ただぬめぬめと撫でるので、気色が悪いのかゼーロン氏は深く眉をひそめ、かえって渋々と歩みを速めるのであった。冬に似た冷たい土の上に怠惰な蹄(ひづめ)が乗って音を立てる。永遠の旅路を歩くような倦みの音。それは一定の音である。しかしそんなゼーロン氏もときおり振り返って、大輝様ではなく冬弥様の顔を見られた。それに気づくと冬弥様は微笑まれて、情愛のこもった声音とあわせて小首をかしげる。

「どうしたの？　疲れたかい？」

ゼーロン氏は首を短く縦や横やに振るって、また歩みを進めるのであるが、その時のまなざしは慈悲深き神のものであり、英雄に側仕える騎士のものであり、酒場の女のものでもある。ゼーロン氏は幼き冬弥様を背中に乗せたときのことを覚えているであろうか。その時のゼーロン氏は精悍な顔つきをしてあった。

「これから忙しくなるぞ」

霧が晴れ森の沼が池に姿を変え、死んだ子鹿の傷の腐臭がただよいはじめたころ、大輝様の潑剌(はつらつ)とした声が響いた。それはどこまでも高く遠くまで届くので、空を飛んでいた鷺が声を見下ろし、鬱陶しさを払い除けるようにまた鳴いた。それを天の喜びの声と受け取って、ますます大輝様のお声に力がみなぎる。

「冬弥、俺が御羊の肉をたらふく食わせてやるからな。それで真実、俺たちはこの家の人間になるんだ」

「うん。わかったよ、兄さん」

冬弥様は池の縁のそれを見ないようにして横切られた。

子鹿の足はえぐれている。やはりヌマワニが齧ったらしかった。ヌマワニは科学的栄養素の四角い食べ物を召されているので、だいぶん、いつでも眠りに近い性格をしていらっしゃるが、ふとその夢から目を覚まされる一瞬があり、その時こうした狩りを行うことがあるのである。このようなことが再びおこらないよう、また科学的栄養素の四角い食べ物に、野生の眠る薬を増やして入れるべきであるかもしれない。

ご家族が早い昼餉を召し上がる間、白樺の建材を御羊の御殿に使う長さにすべて切りそろえた。本日は昼を境に気候は晩冬から初夏へ。そのため、見学されたいという日野様と桃子様に白いワンピースをご用意。日野様はうすい水色のはいった白色、桃子様はお名前どおり、うすい桃色のはいった白色である。お二方ともスカートは甘く広がってくるぶしまでの丈に。陽光が泳ぐための布のふくらみと波の加減も忘れずに。足元にはお揃いの赤い靴。裏庭の大木のそばにパラソルを立て、南国のお飲み物を注いだところでおふたりが揃っていらっしゃった。日野様に手をひかれて歩く桃子様は、たいそうご満悦のご様子で、ちいさな御御足は一歩一歩、宙を浮くようである。日野様はお母様の真昼様より受け継いだ丸い色眼鏡をおかけになって、陽光の陰るのを愉しんでおられる。

「ユウ、どうかしら。愚弟は役に立って?」

「ええ、ええ」

「日野お姉さま、これはなんともうしますの?」

桃子様は御殿の木材の上を小さな指で、つとと、とお触りになってから匂いを嗅がれた。

「虫のはねのにおいがします」

「あら、鼻がいいのね。それは白樺よ。これでお祖父様の御殿を作るのよ」

「とてもよいにおいです」

「そう。ああ、桃は本当に鼻がいいのね。お父様に似たのだわ。きっと。偉いわ」

桃子様を抱えあげながら日野様はおっしゃった。まだ小さな時分に話してさしあげた廉宮様の生涯のご記録は、日野様のなかですっかり人型となり、ご自由に動き回っているご様子。おそらくは四足で、地面を這い回って、草の匂いを嗅ぎ分けて。

「あらうさぎ、もどってきたのね」

桃子様はパラソルの下で白うさぎとご再会。さきほど朝の茶会に置き去りにされていた動物様方を連れ戻しに行くと、うさぎの彼は堂々お歴々の下座にて茶会を守りつつ、耳の端を蜜蜂たちに舐められていた。彼の耳には不思議な魔力があるらしく、どんなに洗っても繕っても、はたまた中身を入れ替えても、あらゆる動物たちがそのお耳を奪っていくのである。今では耳の端からかすかに蜂蜜の匂い。

十分に陽光を楽しまれてから、日野様は桃子様と共にパラソルの下に着席された。

「さあ、はじめて頂戴。あの子はどうせ最後に来るつもりでしょうから、待つ必要なんてないのよ」

御殿作りには必ず跡継ぎの方が参加されるきまりであるが、大輝様は午睡の只中である。もとより参加していただくのは最後の釘打ちだけなので、日野様の号令をお借りして、さっそく御殿の組み立てに入った。白樺から香る虫の羽の匂いに陽光が差し込み、建材の白肌に遊色が走る。その遊色は陽光を纏(まと)って跳ね返り、日野様と桃子様の南国のお飲み物に反射し、あたりに七つの色彩を瞬かせた。眠りを誘う色光なのか、やがて桃子様は日野様のお膝の上で、うとうとと、目をおろしなさる。ちいさな手にはきつく白うさぎの耳が握られて、白うさぎの彼(か)の人は、ウロの目でこちらを眺めおる。くるくると、漆黒の目の中で遊色の光が回りおる。

「お祖父様は死ぬのだわ」

突然、日野様がおっしゃった。ストローを齧りに齧り、平べったくなったものをまた開くように齧り、齧り、また少しずらして齧り、繰り返し、齧り、繰り返してかえってまた丸みを帯び始めたストローを疎ましそうに眺めながら日野様はもう一度おっしゃった。

「死ぬのよね？　ユウ」

「ええ、ええ」

それは誰もが存じ上げていること。御羊になられて生き続けた方はおられない。なぜならそれはゆくゆくのとき、絶命の直前を見極め腹を切り裂き食べてしまうから。廉宮様のように御羊としての天寿を全うされるのは、まこと珍しきこと。

「こんなに素晴らしいことってあるかしら？　ねえ」

日野様は桃子様を抱えながらやわらかく立ち上がり、テーブルの上、いまや水滴が輝くのみとなった南国のグラスの目前に桃子様をそっと横たわらせ、真綿の薄水色のクッションをその御顔の下に差し入れた。

「御羊肉ってどんな肉なのかしら。ねえ、覚えている？　ユウ。きっと覚えているわね。私はやりきったのよ。お祖父様は、私を立派なこの家の女だと思って死ぬでしょう」

日野様は赤いエナメルのヒールを土に突き刺すようにして、堂々仁王立ち。ひた隠してこられたあのころの少年のかんばせを取り戻し、こちらに不敵に笑いかけるのであった。夏の日。あれはまったくの夏の日であり、日野様はまだ九つであった。短い散切りの青々とした御髪を振り乱し、青い短パンに白シャツ一枚、来る日も来る日もあたりを走り回り、冒険に次ぐ冒険。擦り傷、切り傷、なんてことはない。昨日より遠く、また険しく、獣道を駆け、あらゆる動物、植物、物の怪、そんなようなものすべてを倒し、勲章をひけらかすように、救急箱の前にその御御足、その御手、あるいは口の端、あらゆる血のにじむ皮膚をわたくしに差し出しては満足げに処置を受けられ、またお供して同じように傷ついたわたくしの皮膚を豪快に治癒し、微笑まれた。日野様は一家のご長女、しかも祈禱師の手違いで十月十日、生まれるそのときまで男子と信じられ生まれてきた立派なご長女であった。足蹴の強さ、立ち上がる早さ、物怖じのなさ、その挙動ひとつひとつを、しかし、大旦那様はお嘆きになった。

「なにゆえ男児でないのか」

されど、そのような言葉はどこ吹く風、いやさ、どのような風もひとたび浴びれば日野様の身体にすすいと吸い込まれ、豪快な笑い声へ変わって消える。男児でないことがいかばかりのことか、足蹴の強さ、立ち上がる早さ、物怖じのなさ、すべて女児であるおのが身のうちにあるのだ。

「じいさまはぜんたい何が不安なんだろう?」

日野様には大人の憂いはすべて笑いごとであって、それ以上でもそれ以下でもない。そのような些事をふと思い出すこともあるが、さっと捨てておき、まずは冒険、冒険。廉宮様が決死の思いで辿り着いた滝裏も、日野様の逞(たくま)しい四肢には聊(いささ)かの苦労もない。苔薫る水辺はやや退屈といったご様子で、うなだれるシダの類はその近類。しかし滝の裏から臨む滲んだ世界はお気に召し、時折、静かに意思強くぼうっと長く眺めておられた。

「こんな風にあやふやならいいのに。もっと自分にわからないものが欲しいよ。なあユウ、そうは思わないか?」

「ええ、ええ」

「何もかも届いてしまってつまらない。もっと危険はないのかな」

日野様の四肢に適う大自然はもはやなく、思いつくすべての冒険は乗り越えられていた。そんな時分、届いたのはご母堂である真昼様のお手紙。どこかにある遠い場所を追い求め、我が子を捨ておき空を、海を、また山を駆け抜ける真昼様のお姿は日野様の信仰の宛先である。その真昼様から、空を、海を、また山を超えて届くお言葉は、すべてすべからく日野様の原風景となるのであった。真昼様がお手紙により伝えられたのは真夜中の大蛇のこと。真夏の、なべての魂が還る祝祭の中日、お庭の北の祠（ほこら）の先に一家の禍々しきウロを飲み込み育つ大蛇が住むという。ひとたび見かければ病を得、触れれば厄災の訪れ、そうして一段と日野様のお心に残ったのは、最後のひとこと。

「ただし、交われば歓喜の生をえる」

幼き少年の、ああ、まったき少年の理解はどのようなものであったか。交わり、歓喜、そうした言葉はやはり、日野様の体には冒険のたぐいであったのだ。はたして、祝祭の中日の真夜中、昼間のあらゆる儀式、されどそれは男児不在のかりそめのもの。そのことをお嘆きになる大旦那様の顔もなんのその、日野様は完璧にこなしてみせ、来賓の方々は立派立派とお帰りになる。そうしてひとときの眠りも得ずに爛々とした眼、隆々と漲（みなぎ）る肌々の張りでもって、冒険を、そう、最後の冒険を、自らの足で踏み分けはじめたのであった。

「ユウ、大丈夫か？　こっちだ」

その御手はすでにして、逞しさと共に儚さをたずさえ、柔肌を身に纏いつつあった。しかしそれゆえ、断末の、首落ちる前夜の御花の、最期の光輝を放ち、真夜中の肌はまるで猛き獣の毛艶に似て、月の明かりのごとくであった。北の祠は凹凸の岩々、山のような、谷のような、森林のような、荒れ地のような、あらゆるすべての冒険を織り交ぜた道々の先にある。擦り傷、切り傷、勲章が増えるたび笑いつ歪む御顔は、御体は、やはり最期を知っていてのこと。

「大丈夫だ。ユウ、大丈夫だよ。こんなことは、なんでもない」

その言葉の、いかに体に染み入るか。鳥居を三つくぐり抜け、百と二十三の石階段を登りきり、日野様はついに北の祠へとたどり着いたのである。祝祭の中日の真夜中、獣共は恐れをなして引き下がり、はるか遠くから遠吠えの残響がわずかに聞こえるばかり。闇色に近い深い植物たちの葉先に包まれて、その小さな祠はわびしくそこに在る。一体、誰がまたここを訪れるだろう。以前にここを訪れたのは、どなたであったか。しかし不思議に手水(ちょうず)に苔はなく、葉の一枚も落ちてなく、祠には一粒の光が変わらずそこで瞬いているのであった。

「ユウ、これはなんだい?」

それは北の祠の祀るもの、誰も由縁の知らぬ鉱石である。黒曜に似て黒く見え、しかし時折には赤く見え、青く見え、見るものは見られるものとでもいうように、常に何がしかの輝きを携えそこにある。日野様はしばらくじっとそれを眺めておられたが、それは滝裏から見る世界のように曖昧模糊とした不可思議ではなく、厳然として不可解な一個なのであった。なにを思ったか、日野様の御手はその石に伸び、指先が石の肌に触れる。直後、神木の影から白々しく大蛇が現れた。果たして、その眼は祀られる石と同じ存在である。日野様のふらりとした一歩。それはかつてのその四肢にはついぞ見られなかった、惑いの一歩である。大蛇の瞳。

「ユウ、そこで待っておいで。すぐに戻るから」

それが日野様の少年時代の最期のお言葉であった。冒険の終わり。しかし日野様に訪れたのは歓喜とはほどとおい生である。なぜならば、それまでもそれからも、真昼様のお手紙のお言葉は、ついぞ正しくあったことがないのである。真昼様もまた、夢を見る者。夢も見るものはうつつを見やらず。ああ、そうして冒険の終わり。血を流し戻ってこられた日野様の体に、改めて大旦那様の呪いの言葉が降りかかる。

「男児であれば」

「御羊ってどんな風にして死ぬのかしら！」

今やその声は甘高く、日野様の四肢は細く柔くどこまでも白い。それでも残る傷跡のなんと痛ましい、なんと勇ましいことか。日野様は丸く重くなりゆく体のために冒険を捨て、大蛇よろしく呪いを飲み込み成長することを選ばれた。大旦那様の認める立派な女となり、肉を食らうそのときまで。

「ユウ、私にも打たせて頂戴」

艶めかしい四肢をたずさえ、日野様はあの頃の大股で一歩、一歩としっかりとした足取り。踏みしめられた庭芝が、深く沈んでまた持ち上がり、日野様の足跡の後に音を立ててついてくる。金槌を差し上げると、日野様の細い指がその柄を強く握り込み、御殿の入り口、一等堅く意固地な建材へ激しい一槌を下された。細くか弱く柔らかくおなりになったその四肢であるが、繰り出される一挙は往時と寸分変わらず勇ましい。

「はやく戻りたいわ。ねえ、ユウ、お祖父様の肉を食らったら、あなたが髪を切ってね。ぞろぞろとして鬱陶しいったらないわ。この肉も、残らず削いで頂戴ね」

御羊を食べてしまったあと、日野様はまたあの剛健な青年に戻られるおつもりなのである。いかにして人体を改造するのか、強くも淑やかな女性の性を模倣しながら、夜な夜な研究を重ねられているのである。

「姉さん、どうしたの」

そこへやってこられたのは大輝様。午睡を存分に楽しまれたご様子で、顔色麗しく、足取りはやや夢見心地、それを認めると日野様はお体からすっと力を抜き、金槌を戻された。

「なにもかもどうでもよくなる顔ね。ユウ、私の幸せは間の抜けた弟を持ったことだわ」

「大輝お兄さま。おはようございます」

桃子様も目を覚まされ、お決まりどおり、大輝様が最後の一槌をお打ちになる。日野様の豪快な打ち下ろしにくらべ、大輝様はまどろみに似た大らかなひとつ。ふたつ。みっつ。そうしてよっつの打ち下ろしでついに御羊の御殿は完成と相成った。まったく気の抜けると嘆息される日野様の横で、大輝様は出来上がりに満足そうに微笑まれ、そっとねぎらいの一言。

「ユー嬢、とてもいいものができたね。お祖父様もきっとお喜びになる」

「ええ、ええ」

しかし大輝様はわたくしの顔を眺められたまま、微笑み続けておられる。奇妙な間を持ってから、大輝様はそっとその口をわたくしの耳にお寄せになり、嬰児のごとく透明な声を出された。

「大叔母様がお呼びなんだ。準備を手伝ってくれるかい？」

ちょうど日野様と桃子様は、午後の一服のお誘いのため、冬弥様探索の旅に出られるとのこと。御羊の御殿の開くのは午後の遅い時間、夕暮れの終わる頃合いがよく、大叔母である真都(まと)様のもとへ向かうためのご準備をするにはやや時間が短いように考えられる。

「ええ、大輝様、すぐに、いますぐに」

「悪いね」

そうとなれば蔵へひと走り、重い閂(かんぬき)をよいと除け、中から真珠の匂いのする若木を九年乾かしたのを一抱え、急いで叩き割り薪にして、また叩き割り薪にして、また一抱え、別館の湯治場へ走り走り、釜には塩のついた黝簾石（ゆうれんせき）をひとつかみ、また外に走り、窯には八十二年前の古新聞、中でもできる限り凄惨な事件を報じたものに緑のマッチで火をつける。燃え上がるバラバラの殺人の文字文字のあいだから、黴（かび）とかすかな果実の匂いの立ち昇る。これは三百日前にまぶした柑橘の皮と桃の果汁の匂いである。これらはすべて真都様のお言いつけであり、また新たな古新聞、また新たな果実、また新たな緑色のマッチ、またまたまたと次の来訪の準備をせねばなるまい。真都様には大旦那様以上のこだわりがおありになるのである。

　さて湯を沸かすあいだに香水のご準備。これは猫の倒した瓶のものと決まっている。屋敷に走り、走り、眠るタマを探してお伴のポチと共にまた走る。さまざまな香水瓶をいくつも並べる間、タマのまた逃げ回り、ポチが首根っこを咥えて連れてくる。なんと利口な犬よと撫ぜるあいだに、香水瓶は見事に倒されており、あら仕事上手な猫よと一声掛けるまもなくタマはどこぞへ走り去った。倒された香水瓶を持ち走り、また走り、湯の沸いたのを確認して、大輝様をお連れし、ご入浴のあいだにまた衣服を揃えに走る、走る。朱の入った女物の襦袢（じゅばん）、これには大柄のお花がまんべんなく、それとほのかに緑が含まれていればなおのことよい。箪笥たちの口をすべてあんぐりと開けて、お眼鏡に適いそうなものをひっつかみ、走り走り、ポチがあとを追いかけ落とした帯を咥え走る、おお、なんと忠義者の犬であるか。広間の椅子の下、タマは眠りを覚まされたことに疎ましげな一瞥、りりんと鳴るその鈴のなんと冷ややかなことよ。

　湯殿へ戻れば大輝様はすでに湯からお上がりになって、お体の点検をされているところであった。

一分の狂いなく盛り上がる肉の筋は芸術のたぐい、流れる雫も楽しげに檜の床へ落ち遊んでいる。左の背の脇の黒子(ほくろ)を撫でて点検は仕舞いになったご様子。香水を含ませた浴巾でお体を拭いていると、ふと大輝様は鏡に映るご自身に問いかけた。

「俺もいずれは御羊になるのだな」

大輝様の四肢は若かりし日野様の逞しさとはまた別種の趣があり、適切な隆起はまさに芸術の凸凹、なべて鑑賞のためだけに研ぎ澄まされたものである。しかしその内に宿るのは空洞の魂。それはときに鷹揚さに見え、闊達さに見え、間の抜けたように見える。この度の香水には雨降りの土の香りが混じっており、その魂は怪しく見える。

「あとはなにをするんだっけ？　ぼくは」

お一人になるとき、とくに真都様のお部屋に訪問されるときには、大輝様はご姉弟にはお見せにならない人格でいらっしゃる。自由に動いてみせるお人形のごとき、伽藍堂(がらんどう)の魂ですべらかに儀式の遂行に入られるのである。

「耳輪をおひとつ」

「ああ、そうだった」

右のお耳に黒い輪をつけて、御髪はやや濡れたまま、胸元はいくらか開き、こうして外の形が整いはじめるとそのお心は一層空疎に、また真摯に役に沿い、なにものかを取り込んだように、すっと背筋の伸びて、微笑みも寸分の狂いなく、真都様のお好みの美麗なものへとお変わりになる。その本(ほん)のお心はどこにあられるのか。大輝様はどなた様の前でも、見る者の望む姿へと変貌される。真都様がいらっしゃる別棟へは長い長い渡り廊下、模様の入った朱の飾り軒の下に風鈴がいくつも続き、重く怠い甘い匂いの香が遠くより流れ来るのを渡っていく。いつもの気軽なおしゃべりは止め、そそそと歩くお姿は幼きころと変わらず、まだ足首の細くか弱い幼少のみぎりより、大輝様は堂々としたお人形であったことよと、記録が自然と呼び覚まされる。

「じょうずにごほうもんできればいいんだよね」

そのころのお声はまだあどけなく、わずかばかり成功への期待を背負う喜びをお持ちであった。大輝様は別棟にいらっしゃる真都様の虎の子の舌がお好きだった。虎の子は真都様の重く怠い甘い匂いのする薄暗い部屋の天蓋の下であくびをして、この世のもののすべてままならぬ夢であることを理解している様子でのったりとしているのである。大輝様はよくその口の先にご自分の手の甲を差し出して、今か今かとその舌が出るのを待ちわびていらっしゃった。そうしてついに棘生えるちいさな肉の舌に撫ぜるように舐められると、ふるふると体を震わせ、恍惚とその瞳の上へもったりと瞼がかかるのだった。今や虎の子は虎となり、真都様の足元にある。お部屋には暗い重い怠い甘い、なべての要素が濃度高く部屋の隅から隅までを満たしており、真都様のベッドからは数多の寝具が波のように床へ垂れ落ちている。

「こちらへおいで」

大輝様はいつものように襦袢を脱ぎ籐の椅子へ腰掛け、左の足を真都様の手の中へお上げになった。見分の順序は幼きころよりかわらず、左足の腿から足の爪の先のいっぽんいっぽん、右の足おなじく、左の二の腕から爪の先の、いっぽんいっぽん、右の腕同じく、首筋、鎖骨、左の耳の裏の骨、右同じく、うっすらと柔らかい左眼の下の皮膚、右同じく、両の顳顬。正面が終われば、背面、大輝様は籐椅子の背へ両手をついて虎のごとく伸びをする。左の肩甲骨、脇腹の下、腰骨、右の肩甲骨、脇腹の下、腰骨。ひとつひとつ、時間をかけて真都様がそのお体の部品を点検するあいだ、大輝様は徐々にまったきお人形になられる。魂を空に、肉体のみの存在となり、ただひとつ、虎の舌の見えるときだけ、ふと気を持ち微笑まるる。

「楽にしてよろしい」

号令がかかって、大輝様はそそと襦袢を肩にかけ籐の椅子に正しく腰掛けた。真都様の腕と指先が煙管を持たれる場合の形になられたので、いそぎ煙管箱よりご用意、手捷く緑のマッチで火をつけてひとつふたつ吸い込み、煙の細長くたなびくのを確認して、疾く疾くと物言わぬまま急かす指先に形よく置く。一服なさり、真都様はふとこちらを見られて、わたくしに右の足の薬指の爪の形がすこし悪いと声をかけられた。

「ええ、ええ」

「姪孫や。ここへ下ろし」

真都様が足元の虎の腹へ足を下ろすように言いなさるので、大輝様は速やかにそのようにした。なるほど、右の足の薬指の爪の先が、やや尖っているようである。わたくしが虎の腹の中へ膝をさしいれながら、音を立てぬよう爪を整える間、真都様はお人形である大輝様のお顔をじっと眺めなさっているようだった。

「愚兄が御羊になったというね」

大輝様は指の先まで魂を失ってお人形になられている。

「はい。今朝のことです」

「やっとお前も肉を食らえるというわけ」

伏し目がちに虎の腹の虎模様を眺めながら大輝様は、ええ、とかすかな声を漏らした。真都様はすっと目をおつぶりになって、数秒の後、ほう、と深く息を吐かれた。遠く永い記憶の旅をなさったのであろう。

「姪孫や。血の味を覚えておいで。わかるかい。血の味だよ」

真都様は大輝様の左の手の甲の皮膚を両の親指でもって広げるように、乾いた皮膚の指先でお触りになった。御羊の肉を食らわぬは一族の異端である。そのため真都様はこれまで、大輝様たちにそのときが正しくあるように、近くあるように毎夜毎夜お祈り遊ばしていたのである。それというのも真都様こそ御羊の肉を食べぬまま生きながらえていらっしゃる唯一のお方。長い一族の歴史の中でもついぞそのようなお方はお見えにならない。たとい人生のうちに一度や二度、食べ損なわれたとて、この家のお方であればどうということはない。必ずどこかで御羊の肉を口にされる場面が訪れるのである。しかしその契機なく真都様は成人され、御羊の肉を食らわぬまま婿を取るわけにはいかぬと、次こそは次こそはと御羊の肉を期待されながら、今日まで別棟にお一人でお住まいになっている。

「私のようになってはいけないよ」

最初は真都様のお祖父様である真治（しんじ）様の御羊肉。真都様はご自宅にあってしかし非道（ひど）い障りにあい、生きるか死ぬかの夢と現（うつつ）をさまよわれた。胃の腑のものはすべて外に出され、水も飲んだそばから白濁の液となってお外に漏れる。ただひとつ指の先に乗るほどの氷であれば身のうちに収められるといったもので、御羊肉などもってのほかであった。お父様の伊那様、お母様の里木様もこれは仕様のないこと、肉を食らわせ冬虫のごとくか細い息が絶えてはならぬと無理には御羊をお与えにはならなかった。この機を逃したとて、真治様の弟君の虎洞様、東伯様、そのそれぞれの御子息である首里様、久能様、と、御羊となられる方々は真都様の未来にぞくぞくとおられる。しかし指の先の上に乗る氷を舌先でねぶりながら夢うつつを行ったり来たりの真都様は、階下から聞こえる饗宴の音たちを耳に感じると、強く目をつぶられ、たびたび唸るような声をあげられていたのである。ともすれば未来の夢をみていたのかもしれず。その後もたびたびの不運が重なり、ついぞ真都様は御羊を饗されることがなかった。

「ねえ、ゆう、御羊の味はどんなものかしら」

幼少のみぎりには眩しがるように、成人されては疎ましげに、屋敷に居残られてからの真都様は淡々と、そのようなことをおっしゃられた。そうしてふと、わたくしのお伝えした先人の一節、御羊肉へのお言葉を思い出されるのである。

「血の味のして舌のしびれる」

そう呟かれたあとには必ず氷を食まれる。真都様のこだわりのなかでも氷食への情熱は随一で、無味有味、七色十色、六角八角十二角、光るものに弾けるもの、あらゆる冷ややかな個体が真都様のお部屋の真中にて倒立する観音開きの塔のなかに鎮座されている。足元の虎を大きくまたぎ、真都様はまた氷食のため塔を開けられた。無味有味、七色十色、六角八角十二角、光るものに弾けるものたちは涼やかに、外界の空気を物珍しげに感じ、各々、光り光らず、弾け弾けず、ほんのすこしずつ溶け始めるのである。大輝様はそちらは見られず、虎の腹に足を乗せたまま、まどろむ大きな獣の顔と、その中にある舌を夢想しているようなお顔で、うっとりとつぶやかれた。

「大叔母様と共に御羊にありつけるのは、とても喜ばしいことです」

呼吸にあわせて虎の顔は上下して、たまに舌を出し口元を舐る。爪の形はすでにして他のものと寸分変わらぬ形に整えられた。ぱりん、と弾けるような音。それは真都様の氷食をされた音。塔の目前に立って、つぎつぎと、真都様は冷ややかなる個体を身のうちへお納めになる。

「そうなればよいけれど」

ご訪問は恙無く終わりを迎え、大輝様は帰り際、ややお恥ずかしそうに虎の顔の前に自らの手の甲を差し出された。大きくおなりになった虎はちょいと一瞥。部屋の気色と同じく重く怠く甘ったるく、肉の棘の舌で大輝様の手を舐められた。お首元の鈴がりんりんと鳴り、大輝様のお人形のお瞳に輝きが七色十色。

「さて、あとはお祖父様を御殿に移して今日は終わりだね？」

別棟から本邸へお帰りになる廊下を歩みながら、大輝様は一族のためのお人形の手順をお考えになる。空疎の心を満たすのには惰眠がどうしてもご入用とみえ、また少し眠られるという。襦袢の裾のめくれあがり、ふわふわとしたあくびを置いて、芸術の四肢は自室へ向かう廊下を曲がられた。予測より問題のないご訪問により、時間にはまだもうひと仕事をはさむ余地があり、ぽつねん島のへりでお亡くなりの子鹿の墓を作ることにした。蔵をひっくりかえし、大道具小道具を一輪車へ詰め込み詰め込みしていると、うしろから可憐なお声がかかる。

「ゆー。おはかをつくるのね」

振り返れば、蔵の外、初夏の直射をあびながら桃子様のお立ちになっている。日野様がお替えになったのか、空色のドレスに白いピナフォアをおつけになり、両手を後ろに小首をかしげ、暗がりから見るそのお姿は、まことに夢幻のようである。

「ええ、ええ。桃子様」

「わたくしも行きますわ。よごれてもいいようにしておりますの」

うしろ手を前に回すと、握られたうさぎの耳にひっついて、うさぎの本体がぐるりと宙を切る音のする。それならばと一輪車から押しトロッコへお荷物をうつし、後方へ作りたての羽毛の敷き布を詰め、桃子様とうさぎはそちらに座してもらうこととした。また桃子様にはつばの広いお帽子をご用意。墓作りの旅の出発と相成った。

「ゆー。とてもよい気持ちですわ」

生命が漲りはじめる初夏の直射は桃子様のお眼鏡にかない、トロッコから足をお出しになって、うさぎの顔をちぢめひろげつぶし、喜びをあらわにされる。線路はお庭を迂回しながら遠く果てまで続いている。しかしゆらゆらと惑うような線を描いたかと思えば、気の遠くなるような直線を明後日の方向へ進むため、ゼーロン氏の登場でその活躍の場は減るばかり。ただこの度はちょうど子鹿の死ぬ池の縁はトロッコの通り道であるゆえ、このような移動が最適解である。只今の気温であれば、子鹿は早朝よりはいくらか腐り、土に染み込んでいるであろう。

「あたたかいのはいいことね。うさぎもそう思っているでしょう？　ねえ、ゆー」

「ええ、ええ」

「大輝お兄さまは、おおおばさまのところへ行ったのね」

桃子様は足をばたばたとさせ笑われた。

「かわいそうです。みんなおかわいそう。不自由ですわ」

うさぎの耳をそれぞれひっつかみ、互い違いに上下させながら桃子様は笑われている。日野様の逞しさ、大輝様の美しさ、また冬弥様の密やかさとは違って、桃子様の四肢は妖しさに満ち満ちていらっしゃる。一目では可憐に、二目でも軽やかに甘く、しかし三度見ればどなたでも、その内より漏れ出る妖しげなる香りに気が付かれるのである。ちいさな御御足の先が木枠の外でぱたぱた、ぱたぱた、と遊ばれていた。

「たいへんな子を生んだわ」

真昼様がそのとき、めずらしく驚きになったことが記録されている。真昼様はまじまじと、お生まれになったばかりの桃子様の下腹部にかすかに認められる陰茎を眺めておられた。若い奥医師の手は震え、助手は右往左往、当の桃子様はその時分より堂々としておられ、外界へ飛び出たばかりの肌を呼吸にあわせて上下させ、泣きはせず笑うような口の形をされていた。

「女の子なのよね？」

長い見分の終わり、真昼様の問いかけに奥医師は惑いながらもうなずく、助手はやはり右往左往、どのように調べても陰茎のほかには異変はなく、まったき女性であるとのこと。

「そう。じゃ女の子でいいわね。疲れたわ。ゆゆ、あとはよろしく頼んだわよ」

そうして真昼様は夢路へ旅だたれ、奥医師と助手は何をも言わぬはしから他言はせぬと血判を押した。血の指の形に光るのを見て、やはり桃子様は笑われたように思う。そのように思わせる力が、お生まれになったころから桃子様には備わっているのである。

「おじいさまのお肉をたべるのね。それがみんなお大事なのね。わたくしとうさぎにはよくわからないことです」

「ええ、ええ」

トロッコは曲線を描き、庭園の端の崖のそばをコトコト進み、崖の下には穏やかな浜辺が見え、初夏の風がふき、桃子様のご機嫌はますます上々、庭園の巨木を仰ぎながらお鼻歌を奏でられた。帽子のそよぎ、実に十全であるご様子。実際、桃子様のご存在はたったそれだけで十全であられるのだ。両性の具有せぬはそれだけで不幸。まわりを見ればわかることと、口にはせずに存在で語っておられる。日野様も大輝様も冬弥様もそのことをお知りにならないのは、持たぬものへの配慮というもの。お鼻歌の弾むのに合わせ、木々の間からちらちらと光が漏れ、その細く小さく而(しこう)して豪健な肉体の肌に反射するのであった。トロッコのコトコト音は、森に入りヌマワニの住む池をぐるりして、ぽつねん島を横目に、ついに目的地にたどり着いた。子鹿は池の縁のぬかるんだ場所へ、ちぎれてなくなった足先をつけ、顔をべっとり陸地につけ、目を開いている。暗がりの森の中でも初夏の昼下がりとなればところどころに日の当たり、ちょうど子鹿の瞳に陽光が差して、内側にある水晶がまばたくような瞬間がいくつかいくつか訪れた。

「死んでいるのね」

桃子様はお鼻歌とおなじような弾みを持って呟かれ、子鹿の顔をお覗きになった。うさぎの顔がぬかるみにつき、そちらの瞳は翳っているご様子。やはり子鹿はヌマワニに足を食われたようである。その噛み跡は凹凸激しく、剝がれた皮と肉が腐り始めている。腐臭は初夏の光の温度と同じ勢いで、互いを打ち消すことなく増幅しているようであった。しかし、桃子様はお鼻がつきそうなほど近くで、ヌマワニの噛み跡を観察されている。

「ここに歯があたっています。かんだのね。肉をかまれて、ひきずられたのだわ」

ちいさな指先が子鹿の腐りおる肉先に触れられる。それはぬかるみよりも形のあるもの、まだ中身の詰まった下腹部は桃子様のちいさな指先を押し返したようだった。負けじと指先に力をいれて桃子様の爪の内側が白くなる。肉に飽きると今度は手のひらで腹を押し、そのまま閉じられた子鹿の下腹部をまさぐりなさる。子鹿は尻と腰のあわいのあたりが禿げている。股のあいだのもぞつきもぞつき。

ふふ、と桃子様はかすかに笑われた。

「オスね」

ぬかるみに落とされたうさぎの耳をひっつかみ、桃子様はピナフォアを汚すように泥のついたうさぎを抱きしめられた。

「おかわいそう。うめてさしあげましょう」

「ええ、ええ」

桃子様はトロッコにもどられ、御御足をやや外にだし、お寛ぎになりながら水筒の甘茶にお口をつけ見学の構え。まずは子鹿のまぶたを下ろし、すこし陸地へひきずりあげ、塚に適する場所はどこであるかとあたりをつける。するとトロッコの木枠の中から桃子様の足がするりと伸ばされた。

「ゆー。あそこがよろしくってよ」

その御御足のちいさな指先が示すのは森の日陰の一等濃くなった先、一箇所だけ丸い木漏れ日の出来ている。幾重にも重なる木々の葉どもが、そこだけ禿げているらしい。光あたるぬかるみから森の暗がりへ、子鹿の死んだのを抱えて進めば、光の場所より土の匂いは一層濃くなり、腐臭は暗がりに逃げていくようであった。木漏れ日に子鹿の足先が入り、短い毛先に光のあたり、暗闇が退散する。そこだけ風もやんでいる。子鹿を下ろし、土を掘り返す。さまざまな生き物の死んで、土の中に染み込んでいる匂いのする。死んでいるものの匂いの上に、生きているものの勢力が覆いかぶさって、木漏れ日を広げているように見える。子鹿の足元はすでに死んでいるものから生きているものへ移り変わりをはじめているようである。

「しんでしまった肉を食べるのかしら?」

桃子様は暗がりまでいらっしゃって、木漏れ日の中の子鹿に目をやられた。うさぎは柔らかく胸中にあって、耳は自然に空に向かって伸びている。

「おじいさまはまだ生きていらっしゃるのでしょう?」

「ええ、桃子様、ええ」

「どうやって食べるのかしら」

「わたくしがご準備します」

十全な肉体の桃子様は不可思議そうに死んでいる子鹿を眺めておられる。御羊の前足はこのようにすらりと長くなく、太い。

「しんでしまってから食べるのかしら」

もう一度桃子様は同じようなことを呟かれた。どのような過程で御羊が饗されるのか、まだお知りでないらしい。廉宮様の例外もまだご存知でないかもしれない。

「御羊は生きているまま腹を裂きますので、死んでしまう前の御羊肉が饗されます」

ほう、と桃子様のお口から息のもれる。うさぎの顔が潰されるように抱きしめられる。桃子様は暗がりからこちらに歩まれて微笑まれた。

「それがいいわ。それが自然だわ。生きていた肉をたべるのがいいわ。わたくしどもは生きていますから。おなじようなものを体にいれるのが自然です」

桃子様は満足そうに子鹿の尻と腰のあわいの禿を撫ぜられた。掘り進めた土の中に入れると、子鹿は途端に形に意味をなさなくなったようである。毛は毛、骨は骨、肉は肉、それぞれすでに土の生き物に変わりはじめている。

「ヌマワニが見ているわ」

桃子様の目線の先を向けば、子鹿の斃（たお）れられていた場所からほんのすこし離れて池の水から顔を出し、子鹿のすでにいないのを眺めているようであった。桃子様はつとそちらに走りよられて、池の縁までお進みになる。ヌマワニはそそそと泳いで、やや池の縁に近づいてきたようであった。

「あなた、鹿の足をお食べになったの?」

問いかけられたヌマワニの下顎から空へむかって飛び出ているいくらかの歯のうち、下顎の右側、空へむかって生えている歯の先だけがやや汚れているようであった。科学的栄養素の中の眠り薬がやや切れているご様子で、ヌマワニの瞳はほんの少し爛々としている。桃子様はうっとりとそのお顔を眺めておられた。

「結構ですわ。とても結構です。けれどあなた、冬弥お兄さまがかなしまれるでしょう?」

お茶会にならぶ動物たちへ向けるのと同じように、桃子様はヌマワニにお話しになる。そうしてお茶会にならぶ動物たちと同じように、ヌマワニはただ桃子様の言葉を浴びている。

「人間がかなしむのがふしぎ?」

ヌマワニの背中で苔が水に踊っている。

「わたくしもふしぎに思います。でもおかわいそうでしょう?」

ヌマワニはものを言わぬままじっとして、しばらくお二方は見つめ合っておられたが、ふいと桃子様が目をそらされると、ヌマワニも遠くへ泳ぎ去られた。子鹿の塚には桃子様のお友達であられる狒々(ひひ)のお人形がよりそわれ、その理由は顔の赤いものがいれば淋しいことはないだろうということである。帰りのトロッコでは桃子様は御御足を木枠の内におさめて、泥の乾いてこぼれるうさぎを抱えながら夢見心地であった。

「おひつじはいつ見られるのかしら」

「このあと御殿に入られます」

「そうなのね。けれど今日はもうねむいのです」

「明日には真昼様もいらっしゃいます」

「あら、そう。そうなのね。おひさしぶりね」

そこでことりとお眠りになり、そのまま起きられなかった。本邸の前までトロッコを押し進めると、玄関口の階段に冬弥様の座っておられる。トロッコのことことに気が付かれると冬弥様は立ちあがってこちらへやってくる。朝方よりは顔色のややよろしいようである。

「眠ってしまったの?」

「ええ、ええ」

冬弥様は桃子様のピナフォアの泥を見下ろされ、こちらを向きなおり。

「塚をつくってくれたんだね。ありがとう」

塚には顔の赤いものが寄り添われているとお伝えすると、冬弥様は眉をお下げになって、微かに口元を上げて微笑みの形を作られた。

「桃子はぼくが部屋までつれていくよ。Uには準備があるでしょう?」

「ええ、冬弥様、それでは」

「うん。いってらっしゃい。ぼくもあとで手伝うよ」

抱えられて桃子様は眠りのなかでも満足そうである。冬弥様はトロッコの隅で潰れていたうさぎの耳についた泥を少し払われて、桃子様の腹のあたりに丁寧に置き直し、本邸の中へ去っていかれた。その後姿に影がついていく。冬弥様の後ろ姿にはもう長いこと影がつきまとっているようである。蔵に戻り道具を片付け、トロッコを端へおいやり、御殿に敷くための青草を取りにお庭の西へ向かった。

お庭の西には水田が五つあるがそのうちの三つが御羊のためのものである。あとの二つは御羊のためのものが駄目になった場合のものである。いずれも繁栄と滅亡と再生を繰り返し、現在はすべての水田が栄華を誇っている。畦に昨朝潰してまわったタニシの、目の潰れるような明るい躑躅色の卵の成れの果てが点在している。太陽の山の端に近づいて、陽光は橙の色彩を帯び始めている。荷車を三番目の水田の前まで引き、青草の列の九番目から刈りはじめる。これは大旦那様の言いつけである。御羊になった暁には、九列目の青草をお与えになるようにと仰った。三列目でも十一列目でもいけない。九列目。鎌を入れると青草は断末の匂いをあたりに放つ。青の匂いは夏の土の匂いに混じって、肌が湿ってくるようであった。いくらか刈り進めていると、畦道を冬弥様が歩んでこられた。

「荷台に乗せればいいね？」

刈った青草を持ち上げながら、その目は潰して回ったタニシの躑躅色の卵に向けられている。ああ、幼いころもまた、冬弥様は同じように躑躅色の点在を眺めておられた。また記録が自動に再生される。

「どうしてつぶしてしまったの？」

幼き冬弥様のお声はいまよりやや高く、そうしてか細く弱くお小さく。

「悪さをしますので」

「それはほんとうに悪いこと？」

横にいた日野様は冬弥様のそのお言葉を一笑され、目の前で青草に張りつくぷっくりとした凸凹のタニシの躑躅色の卵胞を、畦道に転がし、踏み潰してみせた。それは潰れるときに音はたてず、ただ体液のようなものが土の上に広がるばかりである。冬弥様は息を短く鋭くお吸いになって、瞬きのように痙攣(けいれん)された。躑躅色の塊はまだそれは生き物にはなっておらず、しかし土草の上に張りつくのは生命の体液である。そのことを冬弥様は大変に気にしておられる様子だった。

「生まれてしまってからでは遅いのよ。草を食べてしまうのだから」

日野様は心の柔らかくある冬弥様をことに気にされて、労るお気持ちで厳しく接しておられるようだった。遠くで大輝様は青草の刈られる匂いを吸い込んで満足げに山の端を眺めている。冬弥様はその場にしゃがみこまれ、祈るように畦の上に額をつけ苦しまれた。

「これだけあるのだから、これだけあるのだから」

念仏のように唱えられた言葉は日野様の嘆息に吹き飛ばされ消える。冬弥様はそのまま大いにお泣きになり、ついに痙攣の止まらず、日野様と大輝様に水田をおまかせし、わたくしが急ぎ奥医師のもとへ走り届けた。鉱石のような体がお背中でびくりびくりと震えなさる。医処の消毒液のこもった空間へ入ると、ややその体のこわばりは溶けたようであった。おうおう、と老医師は森の大きな霊長類のような声をだして、目覚めと眠りのあわいの椅子から立ち上がってよろよろとこちらへ歩んでこられる。

「よよよ、またなんぞ?」

老医師お得意の感嘆詞を聞いて、冬弥様の体にはまたほんのわずか、柔らかさが戻る。ほとんど冬弥様の住処となっておられる医処の寝台には毛羽立った毛布が蛇のように丸まっていた。横たわるとすぐに毛布に体を包みこちらを背に丸まり、ひくひくという震えは徐々に呼吸と同じ起伏におさまってゆく。お耳打ちで老医師にことの仔細を伝えれば、また感嘆詞。

「よよよ。それはそれは」

皺のないところのない骨の手で、老医師は冬弥様のお背中を叩いた。

「どうだ。ほら、もっと叩いてやろう」

「いいよ、いいよ」

「そういうな。お前さんにはこれが一番効くんだ」

ぱんぱんと、毛布ごと叩かれるたび、くたくたと冬弥様の体は柔らかく溶けなさる。老医師が大声で笑いながら叩くのに合わせて、冬弥様のお顔が毛布からお出になる、歯の見えて、笑っておられるご様子。

「もういい、もういいよ」

「まだまだ。ほれほれ」

医処の窓より西日の入り、埃が輝くように舞い上がった。しばらく叩かれていると笑い疲れたとみえ、冬弥様は眠られたようだった。すうすうと、苦しみを知らない眠りの中にいる。自室での眠りでは苦しみに取り憑かれ、ほんの数十分ずつ目を覚ますので、もはや医処でしか深い眠りを得られないのである。しかし、老医師はこうした発作のときしか医処での眠りを許さなかった。

「なにか飲むかな?」

「ええ、いいえ、わたくしは」

辞意の表現をすると、老医師は笑った。

「ほほ、それはそうだ。いつでもそうだ。そうだと知って問わずにはいられないのが老境というもの。

ではちょいと失敬」

そういって彼は薬缶を火にかけ、巻煙草を口にされた。手の震えてマッチのなかなかつかない様子である。僭越ながらつけさせていただくと、やはり感嘆詞。

「よよよ。失敬失敬。ご友誼に感謝」

その手にはもはや冬弥様の背を叩く力強さはなく、骨と皮ばかりになった腕に空気の重みがべっとりと張りついて、ところどころが垂れ下がっている。座ると軋む椅子に座れば、煙だけが動き、老医師の体は少しも動いていないように見える。ときの止まってしまった老医師のかわりに茶を淹れ戻ってくると、巻煙草は灰皿の上で崩れ、彼は眠っているようであった。

「お茶を」

声をかけると、おうおう、と老医師は目を覚まして、居住まいを正す。そうして、ややぬるめにしたお茶を啜り、唸るようにつぶやいた。

「無念だな。実に、どうしてよいものか」

なにごとか懸念があるのかと問えば、髭を擦られる。

「思うに、そうだな」

言い淀んで、彼は安寧の眠りのなかにおられる冬弥様の背中を眺めた。

「対象にかぎりがない。目で見て、耳で聞いて、肌で受けて、思う。そのどれもがな、果てがないのだよ。すべてに思いをよせられている。だからこうして崩れてしまう」

彼は冬弥様の病状について述べているようであった。

「長い時間が必要だ。長い時間をかけて、受け取らぬように、流すように、捨てるように、しかし、それも苦しい道だ。さみしい道だ。ああ、無念」

「なにが無念でしょう」

けれどもまた、老医師は眠りについてしまったようである。くすぶっている巻煙草を消して、冬弥様の丸まる体の上にもう一枚毛布をかける。安寧の眠りにはこの体に巻き付いている毛布でなくてはならず、他のものでは換えがきかない。しかし唯一の毛布の端は破れ、糸ほどの隙間が無数に開いている。いずれ朽ち朽ちてしまうことは必定。どうにかして復元できぬものかと考えるが、新しいものでは意味がないという。

「私は遠くまではいけぬ」

突然、老医師がはっきりとした声音で言った。振り返れば、その丸まった背中が見える。いつの間にこれほどまでに朽ちていたのだろう。少し前まではやや年を取った初老であった、もう少し前は静謐を知りつつも闊達な壮年であった、そのもう少し前は無遠慮で明朗な青年であった、その前は、まだ彼はこの家にはいなかった。今ではその静謐と無遠慮と闊達と頑固とに、悲壮と諦観が覆いかぶさろうとしている。

「はじめてお前さんを羨ましいと思うよ。私は坊っちゃんの長いさみしい道のそばにいつもいて、背を叩いてやることはできない。なあ、お前さん」

老医師はわたくしの手を取った。ひやりとした皮の、薄いような、それでいて厚いような、実に奇妙な感触の指であった。

「お前さん、坊っちゃんの背を叩いてやれるか？」

「ええ、いいえ、わたくしは、いいえ」

老医師の瞳には琥珀が眠っている。少し前まではこのように淀んではいなかったはずであるが。指の先はもはや力の入れる方法を忘れているようである。老医師はそれでも強く、自らの中では強いと思われるような力でわたくしの手を握っていた。

「そうだろう。お前さんは、いつでもそうだ。いつまでもそうだ。叩いてやることはできぬのだ。決まりに逆らうことは出来ぬのだ。無理を言ったな。老いた者は無理ばかり言う。そうでもせねば、ままならぬのだ。許しておくれ。そうでもせねば、ああ、ままならぬ。ままならぬ」

ぱたりと手を離されて、また老医師は眠った。そのようなことはしてよいのか分からず、しかし、冬弥様が目を覚まされていれば、きっとそうお望みになるので、わたくしは、老医師の体にも毛布をかけた。医処にはふたつの眠りが共にある。ひとつはいずれ目覚めねばならぬもの。ひとつは、いずれ目覚めの訪れぬもの。老医師の体は御羊にはならず、冬弥様の血肉になることもできない。ああ、なんという。ままならぬとは。ままならぬとは。

「U、どうしたの？」

風の吹いて、青草は遠くから近くまで波のように寄って去る。畦道に立ち、大きくおなりになった冬弥様はこちらを眺め、かすかに微笑まれている。

「疲れたかい？　ぼくが代わろうか？」

そんなことはないと知って、わたくしにそのような疲労が訪れることはないと知っていて、そのようなことをおっしゃるのだ。それればかりか、衣服の汚れるのも厭わず、水田に足を踏み入れじゃぶじゃぶと、歩み、歩みよる。

「Uは本当に働きものだ。ぼくらはUがいなくちゃなにもできないよ」

「ええ、いいえ」

「あとどれくらい刈るの？　ぼくにもやらせてみせて」

「ええ、冬弥様、ええ」

しかしその鎌を持つ手は苦しまれ、青草の匂いを嗅げば思いの限りなく、刈られて命の尽きる青草へ、薄い涙の膜が浮かぶのである。限りがない。限りがない。

「冬弥様」

「なんだい？」

「お背中を」

「背中？」

刈られた青草をしっかと摑み、一葉もこぼさぬようにと抱え、西日を浴びて冬弥様の振り返る。お顔の色悪く、微笑みになって。

「背中がどうかした？」

「ええ、いいえ。いいえ——わたくしは、すこし、混雑しているようです」

すると冬弥様は眉をお下げになった。そうして青草を片手で抱え直し、開いている方の手をわたくしの頭にお乗せになった。

「いいんだよ。それが普通だ。それは自由というんだ。思いというんだ」

「じゆう、おもい」

「苦しくても、大事にしなくちゃいけないよ」

風のまた走って、やはりわたくしの頭は混雑をしているようである。荷車いっぱいの青草を引き、御殿に戻り、すぐに大旦那様のお部屋の御羊をお迎えし、すみやかに、手順よく、ただしく、お宅入（たくいり）の儀式を済ませた。みなさま、おのおのの、おもいで、御殿の、御羊をおながめに、なる。わたくしの、本日のお勤めは、これにて。

「ああ、ユー。もう時間だ。眠るといい」

「ええ、ええ――」

号令のお声が響いたので、わたくしは目を閉じる。

二

きょうのあさ、つまり今朝。大旦那様はすでに御羊になられていたのであった。きのうの朝、それは昨朝であるか？　大旦那様は御羊になられた。大旦那様の部屋のドアーは堅く重たいものであり、固く重たく太い木なので、叩くと叩いた方の体がゆれる。ジェイドの水差しをかたむけると、しかし水差しはとても非常にかるく、大旦那様は昨朝に御羊になられたのである。ぶどう酒を廊下にひたす必要はなく、お部屋をあけると、大旦那様はおられず、朝のひかり、それは朝光、そのような言葉はないのかもしれず、そのひかりに、巻き毛が窓辺にいっぽんやにほん、つつらつつらと落ちており、そのひかり、陽光のさしこみに、巻き毛が光っている。お部屋の毛、それは御羊の毛であるが、それを片付けてしまって、吸い込んでしまって、朝日はもう昇っている。廊下のジェイドの水差しのそこ、底のほうへ葡萄酒がまだ鎮座、鎮守、じゅ、のこっているので、お水をいれて、ふりまわり、銀色の長い四角の、水のすべて流れてしまう場所へひっくりかえすと、やや紫の色の入った透明な水が銀色のシンクに流れゆく。ジェイドは陽光に輝いて、なみなみと水を入れれば、なみなみと答える、なみなみの音の間に、声が走る。

「ユー嬢、おーい」

シンクの向こう側、ガラスには色がついており、それはさまざまなお花の形をした硝子のあつまりである、その向こうから声がして、わたくしを呼んでいるようであった。空の方向へガラスを開けば、三階ぶんの下の緑の芝の上に大輝様が立ち、こちらに両手を大きくふっておられる。

「ああ、おはよう！　ユー」

「ええ、はい、ええ。大輝様」

「まだ頭の整理ができていないのかい？」

「ええ、まだすこし、ええ」

大輝様は三階ぶん遠く下にいらっしゃるので、やや声を大きく出さねばならず、うまくものごとが運ばない。そのため三階ぶん下へ降りることにした。踊り場は陽光が注ぎ、本日は朝から初夏の天候、太陽の天上にのぼるころには盛夏のよそおいになるとみられ、あるいは夕方には晩夏の嵐の吹くかもしれず、それればかりは、これればかりは予想のつかぬこと。階下へ降りて、渡り廊下の孔雀に左の手をつつかれるので、急ぎ飼育小屋からコオロギを二十八匹取り出して、放り投げてやる。そうしてようようお外の芝にでれば、大輝様はただじっと待っておられた。空疎の人形に、やや魂のもどったと見え。

「やあ、朝から悪いね。どうもうちのお姫さまがお茶会を開きたいらしいんだ」

「ええ、それは、ええ」

末妹の桃子様はこのごろはいつも朝には動物様方とお茶会をお開きになられている。そのご準備は今日も済ましてあるよし、伝えようとすると、大輝様は、いやいやと手をお振りになる。

「動物たちとじゃないんだ。俺たち姉弟でということなんだよ。ほら、今日は真昼さんが帰ってくるだろう？」

真昼様に厳命されているために、成人されてから大輝様は真昼様を真昼さんと呼ばれている。けれどもその音はやや身近でないようである、まだ呼びなれぬのかもしれず、呼びきれないのかもしれず、さておき、ご姉弟で朝のお茶会とのこと、おそらく皆さんで真昼様をお出迎えされようとの魂胆である。これにはやはり特別な準備が必要であるよし。

「どうだい？　目が覚めてきたんじゃないか？」

「ええ、ええ」

そうとなれば、急いでご準備、御羊の御殿に青草をいくらか継ぎ足し、お水を直し、本邸へ走り、めずらしく猫のタマの起きていて、難しそうな顔でこちらへひと鳴き、この獣は眠らぬときでも眠るときでもいつも眠りを妨げられたような顔をしている。犬のポチは好奇の顔を向け、なにかすることはあるかと足元をともに駆ける、白色の食堂へ入るとそこは禁足地とポチの誠実に足を止める姿に心の打たれて、ついつい乾いた肉を与えてしまう、ポチは乾き肉を嚙み嚙みとしながらも、ご用の折はと目線を向ける、ああなんと、なんと愛すべき存在であることか。

調理場の大理石のうえ、まずは小麦を挽いて細かいお粉に、お砂糖の白い粒、お塩の白い粒、みな白い粉であるが同じものではない。これをすべて混ぜ合わせ、山羊のお乳を振り回して作った山羊酪を冷やしたものをぽつりぽつりと放り入れ、切り刻みながら混ぜる混ぜる、お牛のお乳を入れてまた混ぜる混ぜる、ぺとぺとと音がし始めたらば手に摑み、押しつぶし、ひっぺがし、また押しつぶし、こねるこねる。ひとつの塊になりましたら布巾でつつみ冷えた箱の中へ、かわりに牛のお乳の冷えたものを取り出して、上澄みと下澄みを分け、上澄み、下澄み？　あるいはそのような言葉はないのかもしれず、ともかく、上に浮かぶ白い液を取り出して八つのコンロの一番右端へ小さな火にかける。向かいのポチに目配せをして見張りを任せ、次は木目のまな板を、その上に日野様が隠れひとり山へ入り取って来られた木の実の数々、赤色朱色紫の色紺色赤黒色、さまざまな形のそれらを適宜適宜に切り分け小鍋に入れ、八つのコンロの左端へやや山なりの火にかける。ぽつぽつと木の実が声を上げ始めればお砂糖を入れ、またぽつぽつ、あるいはぐつぐつ、声がひどくならないように気をつけて山なりの熱を入れ続ける。その間にこれは大輝様のお気に入り、冷えた箱から前日の夜に用意したふっくら膨らむ乳白色のお種を取り出して銀の箱へ、そこへ胡桃のいくつか差し込んで、その上へ濡れた布巾をかけ、すこしお休みさせる。お次には石窯の下へ薪を入れ、ごうごう燃やす、ごうごうの音の間にポチが控えめにわんと鳴き、見れば右端の火の上に白色の塊のできている、これを取り出し崩し瓶にいれ、冷えた箱へいれておく。またすぐに左端の鍋の中の音がぽつぽつからぼとぼとに変わったので火を止めて、これはこのまま冷やしておく。薪がごうごうと燃え石窯の熱せられたら、お休みされていた乳白色のふっくらと膨らんだのを銀の箱ごと中へいれる。その間に豚の腿をお塩につけておいた塊を取りだして、薄く薄く切る、薄ければ薄いほどよいというのが大輝様のお言葉。また野菜もいくらか切り取って、乾いた乳汁の塊も切りわけて、そのあとで銀の箱から布巾に包んだお種を取り出し、伸ばして広げ伸ばして広げ、丸い型を押し当てて取り出す、取り出す、いくつも取り出して、天板に並べる。石窯の銀色の箱を少しずらして天板を入れ、薪を消して、石窯の蓋をしめる。あとはお外用の食器を準備。ふたつきのバスケットに日野様用の少しの火酒と共にお紅茶のセットを一つ二つ。一つはもちろん桃子様お気に入りのお花の入っているものである。もうひとつは冬弥様のお気に入りの深く濃い秋の味のするもの、これには牛のお乳を入れるので、それもご用意。そうこうしていると、ポチがひと鳴きして、日野様と桃子様がいらっしゃった。

「あら、いいにおい。私が取ってきたものね」

抱えておられる桃子様とご一緒にジャムの鍋を覗かれて、日野様はお得意そうな笑み。桃子様もまた目にきらきらの光を入れて、抱えたうさぎの耳を撫でつつ微笑みになる。

「結構ですわ。とてもよろしい匂いです」

「冬弥は？　まだ寝ているのかしら？」

今日はお姿を見ていないが、おそらくヌマワニのところであろうと伝えると、日野様は嘆息された。しかしその吐息には心底からのあたたかい情の念が混じっておられる。ひらけた未来を夢見る日野様の、おそらく唯一の心配の種は冬弥様のお心に埋まっていらっしゃり、その種が芽吹かぬようにと、いつでも日野様は強い心を冬弥様へお配りになろうとしているのである。

「しようがないわね。ユウ。迎えにいってやって。ここは私が引き継ぐから」

「ええ、ええ」

きっと日野様はお火傷をされるので、ヌマワニの池へ向から道すがら、薬草をいくつか摘み、桃子様にあたえられたポシェットへいれる。ポシェットにはちいさなチョコレイトが一粒。これは朝の冬弥様が抱えられておられている暗くて重い泥の心身をときほぐすためのものである。朝日の完全にのぼると森の中の空気はかえってひとつ涼しくなり、やや湿った清らかな土の匂いが肌を清めるようにするのである。ぽつねん島は今日の日もまた、池の真中にぽつねんと、いつもと同じ音を立てそこにあるのではあるが、ややどうしたことか、冬弥様のお背中は見えるがヌマワニの姿は見られず、陽光のあたる輝かしいぽつねんはしかし、明るい色彩がところどころ剝げ落ちているようなちぐはぐな存在としてそこにあるようであった。水丸太を注意深く飛び飛びしていると、冬弥様のお顔をこちらに向けなさる。

「ああ、U。お早う。おはよう。目は覚めているかい?」

「おはようございます。冬弥様、ええ」

「まだすこし頭のまわりがよくないみたいだね」

「そのようです、ええ」

「鰐はどこへ行ったのだろう」

昨晩、ヌマワニはお元気でいらっしゃった。いや、元気であり過ぎたために、そう、科学的栄養素にすこし多く野生のお眠りになる薬をいれて食べさせたのであった。ヌマワニの歯にはそう、子鹿の肉の血のついていたため、冬弥様に何ぞあってはよろしくないため、眠る前に与えたのであった。どこかでまだお眠りになっているのかもしれず。

「彼の背中の苔のひかりを見ていると、すこし気分が落ちつくんだ。あれはぼくの目にうつる三角の光の蛇の虹色とおなじような光りをしているけれど、彼の背中のひかりは本物で、この世にあるものだから安心するんだよ」

冬弥様のお言葉には解析を要した。検索してみるとこのお話は幼きころより申されているようである。冬弥様の瞳にはときどきそのように、三角の光でできた虹色の蛇が現れ、それは瞼を下ろしても見え、開いても見え、そのうちに冬弥様の世界を覆ってきらきらと光り視界を奪い、そうして消えるのだと申される。

「最近はあまり見ないんだ。三角の光の虹色の蛇は」

眠りに似たお声で冬弥様は呟かれた。それは頭の中の遠い場所を眺めておられるときのお声である。

「あれが見えるとその日はだめだ。頭が痛くって。だから本当は見えないほうがいいのだけれど、でもぼくはもうあの光の蛇に会えないのかもしれないと考えると、とてもそんなことは起きてほしくないとも思うんだよ」

「ええ、冬弥様、ええ」

「ああ、今日はお祖父様の――いや、御羊のお披露目をするんだったね」

冬弥様はしばらく池か、そのさきの森か、あるいは三角の光の蛇のいた場所か、わたくしには判ずることのできぬ場所をお眺めになっていたが、ふと心を取り戻されてこちらを見た。

「U。君はぼくを呼びに来たんだね。今日は朝からお茶をするとももが言っていた」

「ええ、冬弥様、ええ」

「その前に一緒に塚を見にいこうよ。ね。まだ時間はあるんだろう?」

すっくと立ち上がり、冬弥様はわたくしの手を引き、塚のある池の縁に向かい水丸太の上を軽やかに飛びなさった。沈んだ水丸太が飛沫をあげて、雫がいくらか冬弥様の足のお洋服の裾にかかったようだった。水丸太はヌマワニの背と同じような質、同じような苔の生えかた、そのため、光をすって虹色に輝くようである。しかしこれは蛇ではないよし。

「どこかな、ああ。あそこだ」

子鹿の塚には狒々が寄り添われている。これは昨日に桃子様が子鹿のお供にと置かれていったものである。塚には顔の赤い生き物がいるとよいということであり、たしかに狒々は顔が赤く、盛り土の真中に立てた手頃な枝に右腕をもたれ、大きくそこに座っておられる。冬弥様はその座り位置を少し直されて、軽く狒々の腕を労るように撫ぜた。

「やっぱり鰐は生きているものを食べたいんだね」

塚にお手を合わされてから冬弥様は呟かれた。

「それが自然なのかな。でも、彼らは別種のものを食べているのだから、ぼくらとは比べられないよね」

冬弥様は御羊のことを考えているのであった。しかし御羊は御羊である。同種とは言われない。しかし確かに御羊は大旦那様である。そのことについて冬弥様は長く憂いておられるものと思われる。大旦那様が人の形をしておれば、なにを些末なことに気を取られているのかと一喝されるにちがいなく、しかししかしかし、大旦那様は御羊になられたのであり、そのために冬弥様はお考えになっているのであり、であれば、やはり御羊は大旦那様である。

「U、大丈夫かい？　昨日も忙しくしていただろう？　まだ回転が悪そうだ」

「ええ、いいえ、冬弥様、そのうちに、ええ」

「無理をしてはいけないよ」

「ええ、ええ」

「じゃあ行こうか。兄さんも姉さんも待たせたらあまりよくないからね」

本邸に戻れば日野様も大輝様も桃子様もすべてすべらかにご準備をすまされて、玄関のポーチの前に立ち座りして待っておられる。大きなバスケットが二つ、広大な白いシーツがひと巻き、パラソルが一本。

「やっときたのね、冬弥」

「姉さん、おはよう」

「また眠れなかったのね。日を浴びなくちゃいけないわ。日を浴びればいいのよ」

「うん。わかっているよ」

「さあこれを持って」

そういって日野様は肩に抱えて持っていらしたパラソルを冬弥様に差しだされた。冬弥様が両手で大事に受け取るそれを、日野様は片手で易々と持ち上げられる。それでも冬弥様は眉をお下げになり、日野様の足元にあるバスケットに目をやった。

「そっちのほうが重いのじゃない？　そっちを持つよ」

「ばかね、お前は。こんなもの重さのうちに入らないのよ。いい？　自分の十分を果たせばそれでいいのよ。お前の十分はそれ一本。それ以外は別のものにやらせるのがいいわ」

「そうかな」

日野様のお言葉に冬弥様は砂漠にひとりで立っているようなお声でつぶやいてから、そうかもしれない、と微笑まれた。

「冬弥兄さま、わたくしのうさぎももってくださいな」

大輝様に抱えられた桃子様がそう言ってうさぎを差しだされ、うさぎの耳が地面にむかってぺろりとさがる。うさぎは本日は外行きの装い。桃子様と同じギンガムチェックのサロペットを着ていらっしゃる。冬弥様はパラソルとともに大切にうさぎの体を抱きかかえて、やはり微笑まれた。

「わかったよ。ありがとう、もも」

「さあ桃、どこへ行こうか」

大輝様は桃子様を片手で抱え直しながら、もう片方の手でバスケットを持ち上げた。桃子様はその首元に抱きつきながら、西の方を指さされる。

「一本木の丘がよろしいですわ。あそこならお母様のいらっしゃるのがわかります」

山のように広がる大木の枝の下は、ゆるやかな丘であり、そこからお庭の裏門を眺めることができる。真昼様は正門を嫌っておられるため、いつでも使用人の通る裏側からおうちへ入られる。しかして、一本木の丘への短い旅をご姉弟は過ごされた。色彩ちりばめ歩く方々に、鳥たちの歌いながらついてきて、あるいはやや離れ地を生く獣たちの顔をだし、ひよこひよこと後を追う足音のいくつかもして、それは一つの楽団のゆらぎの線の旅であった。

一本木の丘にそそぐ初夏の陽光は横にひろく広がる大木の葉どもに吸い込まれ、緑光となってまた地上へ降りかかる。丘の芝の上にしいた広大なシーツの白色に薄い緑の光がそそがれると、そこはほのほのあたたかく、風のそよそよやわらかい。ご姉弟みな上機嫌とみえ、桃子様のご指示でバスケットよりお食事を取り出され、にこやかにお茶のご準備。日野様のやや焦がしたパンの端を冬弥様が一番に手に取られるので、横から大輝様がそれを取り上げられて大きなひと口、悪くはないと申されて、桃子様が一番にできのよいものを冬弥様に渡される。冬弥様は困ったようなお顔。そのお顔を見て日野様の申される。

「考えるのをやめなさい、冬弥。ほら、日をあびて、いいものを食べるのよ」

緑光のあたり、冬弥様の白い腕に走る青白い筋の明るく、下走る血潮の流れる音の聞こえるよう。みなさまのがやがやのお声に、冬弥様のお顔色もよろしくなり、風に吹かれる甘栗色の髪のひとつひとつもいくぶんか軽やかである。

「真昼さんはいつごろ来るだろう？」

そう申されて、大輝様は大きなひと口ですべてのものを食べられる。そうして手についたパンくずを払われ、膝にのせられた桃子様の御髪の乱れを筋張った指先でちょこちょこと直された。桃子様は同じように腿の上に座らせたうさぎの耳を摑んで横において、少し遠くの甘菓子に手を伸ばされた。

「大輝お兄さま、結いなおしてくださいな」

「ああ」

「きっと午後にはならないでしょう。正午に動くのがお嫌いだから」

日野様は真昼様を思い出され、微笑みながら呟かれると、冬弥様のお皿に甘菓子を豪快に設置した。冬弥様が桃子様のポシェットから朱色のブラシと、ギンガムのリボンをとりだして、大輝様に手渡される。お紅茶のポットの上でおふたりの手と手が交差する。大輝様のお膝の上で桃子様が足をはたはたと動かされる。

「このまえは、午後にいらっしゃったわ」

「そうだったかしら?」

「姉さんはいなかったんだよ」と冬弥様は日野様のカップにお紅茶を注がれた。「家のひとに内緒で狩りにでてた日だ」

「あら冬弥、なぜ内緒の話をあなたが知っているの?」

「音でわかるから」

「あんたの耳はよすぎるわ」

「うさぎを二匹と野鳥を一匹仕留めたね」

そんなことまで、と日野様が驚かれると、大輝様は弟の能力にどことなく満足そうなお顔である。十分に梳かして艶めく桃子様の御髪をこまやかにいくつもの束に分けられながら大輝様の申される。

「俺にはぜんぜん聞こえなかったな。獲ったものはどうしたの、姉さん」

「ユウにあげたわ。ねえ?」

「ええ、ええ。夕飯にお出ししました」

桃子様はうさぎの解体に興味があるとみえ、そのお話に大変に目を輝かせなさった。あれは非常に大きくご立派なうさぎであった。一匹は足のところにすこし瘤があったが、ポチやタマに劣らず毛並みのよく、光る金に似た色をしていた。まだ息がありほのほのあたたかく、血のぬめつきも生き生きと。

桃子様の瞳はらんらんと音を立てられている。

「首をきって血をぬいたのね。ね、そうでしょう。ゆー」

「いえ、腹から切ります」

「お腹を？」

「ええ、肛門から上にむかって。そうすれば死んでしまいますので、血を流して、足に切り込みをいれて皮を剝ぐのです。お洋服のように皮はとれます。うさぎが一番剝ぐのが容易です。臓腑もすぐとれます。足もすぐに切ることができます」

「さすが本職ね」

日野様は呟かれ、冬弥様にそろりと目を向けなさった。冬弥様は、お皿のうえに置いてある甘菓子を指先ですこし触っておられ、そこから手を離されたようであった。わたくしは余計なことを口にしてしまったのだった。

「ほら、できたぞ。ああ、そうだ」

桃子様の御髪は繊細な編込みで華やかである。大輝様は振り向かれて、芝の上にさいているちいさな白い花に手を伸ばし手折り、茎を編込みへ差しいれる。可憐なお花がふたつ、桃子様の御髪に咲いている。冬弥様は、その命の選抜を眺められながら、やはり甘菓子を手指で転がしておられたが、ふと顔をあげられた。

「ああ、お母様が来たみたいだ」

当然のこと、裏門から続く道々にはまだその姿は見えない。しかしご家族は冬弥様のお言葉を信じられ、しばらくその道々を眺めておられた。一本木の丘に続く、そこだけ緑地のはげた坂道は、うねりの続き、道の見え隠れのおびただしい。それゆえ裏門であるのだが、真昼様が正しき門を通られたのは、このお屋敷に参られたその一日のみである。

「あ、見えたわ」

日野様の明るい声。うねりの道の最果てに、ぴかりと光る黒色の四角い箱が踊るように走っている。坂道は上り下りのでこぼこで、車体はそのたびに弾んだ。天井は後ろにたたまれて、遠く、運転する真昼様の明るい金色の御髪が見える。弾むたび、その金色が陽光にきらめき、そのきらめきがどんどんと近づいてこられる。真昼様の相棒の黒色の四角い車体は、無骨で強靭な生き物の声をあげており、彼らの通ったあとには煙の道ができている。裏門は朝早くから真昼様の来訪を待ちわびて開いているが、そんなあたり前のことなど気にならさず、真昼様とご相棒は外の道と同じ速度、同じやり方で敷地内に入ってこられ、ほんのいささかの躊躇もなく、一本木の丘まで登ってこられた。ごきょうだいはそれぞれ立ち上がり、裸足のままで芝の上へ真昼様のお迎えにあがる。大きな獣のいななきの如き真昼様のご相棒の声。エンジンがとまり、煙の匂いの立ち込めるなか、真昼様の華奢でありながら虚弱ではない御御足と赤い靴が芝の上にあらわれる。

「土の匂いがするわねここは」

「お母様、おかえりなさいまし」

桃子様が走り寄ると、真昼様はかるくその頭を触ったが、細やかなその造形に撫でることはやめられたようだった。

「大輝がやったの？　相変わらず、心がちいさくなるような作業が好きなのね」

「今日のはそれほど細かくないよ」

「わからないわ。そんな些細なことは。ああ、桃子はいつ見ても毒みたいにかわいいわね」

すこしずれていた桃子様の御髪の花の位置をぞんざいに直されてから、真昼様は日野様のもとへ近づき、その両肩の形を確かめるように骨を触られた。

「やっぱりいい骨格だわ。牡鹿のよう。元気にしていた？」

「とてもいい気分。真昼さんは？」

「上々よ。同じ理由かもしれないわね」

「お茶をお飲みになる？」

「もうすぐ日が真ん中にくるわよ」

「じゃあ帰りましょうか」

日野様が大輝様に指示されて、てきぱきと準備をはじめる。すこし離れた場所にいた冬弥様は一歩、真昼様に近づかれた。

「おかえりなさい」

「ええ。今、帰ったわ」

真昼様は首をかしげて冬弥様をご覧になり、ふとその目元に手を伸ばされた。親指の腹で、目の下の暗いくぼみを触る。冬弥様はくすぐったいのか、片目を薄く瞑られて、首をやや右側へ傾けた。

「なあに？　お母さん」

「沼の底のようね、お前のここは。とてもいい触り心地」

「お披露目ではちゃんと白粉をぬるよ」

「そうね。きれいなものは隠しておくのがいいわ」

「汚いからだよ。隠すのは」

「お前はそう思うの？　まぁそういう人もいるわね。好きにするのがいいわ。ゆゆ」

「はい」

「荷物を運ぶから、一緒に乗って頂戴。子どもたちは自分で片付けられるわね？」

各々お返事があり、見ればそれぞれにお顔色が一段とよくなっているご様子である。四角い黒色の真昼様の相棒に乗り込めば、底から墨のような匂い。後部座席にはあらゆる色彩の箱。それは四角であり円であり六角であり、形も大きさもばらばらであるが、すべてが真昼様の配下にあるようで、騒がず動かず大人しくされている。

「じゃあ、またあとで」

真昼様の声がご姉弟に届くより先に御相棒が低い唸り声を上げて発進する。一本木の丘は徒歩で参ればなんということもない道筋であるが、お車となると道はさまざまな場所を経由して回らねばならない。しかし真昼様も御相棒も道のあるなしなぞ気にされず、お気が向けば舗装された平らな場所をゆき、そうでなければ木々のあいだも、多少の水辺も構わず進んでゆく。弾み流れ飛ぶ流星のような道程である。

「ああ嫌だ。あの人のいない家に帰るなんて。ぞっとする。ぞっとするわ！　ねえ、ゆゆ、そう思うでしょう？　あなたならわかるわよね？」

「え――ええ」

「あら飛ばしすぎたかしら。エラーがでそう？　ごめんあそばせ」

真昼様は大口をあけて青空を笑い飛ばされた。そのお気持ちを盛り上げるように、御相棒は岩を乗り越え、跳ねて飛ぶ。タイヤの水泥がはるか遠くまで遊びにいって、そのまま戻らない。真昼様は笑いの終わりですう、と息を吸われた。

「ごめんあそばせですって！　ばっかみたい。ねえ、どんなものでも続けていれば本当になるのかしら？　どう？　わたしはここの家の奥様なの？」

「ええ、真昼様、ええ」

「くそくらえだわ！　のう、ゆゆ！」

「ええ、ええ――」

短い口笛を吹いたあと、真昼様は青空に向けて高らかに遠吠えをされた。声の向いた先の森から、いくつかの獣の応答がある。長い息の高音の底に低音の糸が蛇行して走っている。それは真昼様にしか出すことのできない遠吠えである。そうして御相棒は本邸とは真逆の道を選ばれる。

「あの人のいない家に帰るなんて！」

真昼様のおっしゃるお方は、日向様である。日向様は廉宮様の御母堂であり大旦那様の御配偶者。日野様がお産まれになるより前にお亡くなりになった。そうして、真昼様のこの世でただお一人の尊きお方である。御一族のお決まりで、御一家の婿は父が、嫁は母が連れてくるのであった。よって廉宮様の花嫁である真昼様は、日向様が連れてこられた。

「どれだけ遠くへ行っても、あの人はもうどこにもいない」

御家に代々続く嫁迎えの儀式は、ほとんどの方が自宅の机の前ですまされた。日向様を選ばれた里木様もそのようにされた。里木様はとかくお心が幼くお遊びがお好きで、ご自分で大きな地図をお作りになって、調度品をすべてどかして壁一面に張り、手提げ袋を二つ用意して、それぞれに重たいご本を詰めて、それを両手でお持ちになるとぐるぐるとその場で回り、円心にある脳を攪拌させ、攪拌を続け、続け、ある時ぴたりと止まり、ふらふらとして転び、床を這いつくばりながら、どうにか矢を持ち、あっちへ転び、こっちへ転びしながら壁の地図へ投げられ、当たった場所から嫁を取られようとしたのである。一度目は海に、二度目は天井に矢の刺さり、三度目に刺さったのが日向様のお生まれになった村であった。

「さあ、ゆっちゃん。お迎えにいって！」

「ええ、里木様、ええ。けれどもどのお方を？」

「その村で一番大きな犬のいる家の子がいいよ！」

そうして山を越え川を下り谷の底にある集落の一番大きなぶち犬のいる家の娘が断ったので、その配下の配下のまた配下、その家の下男が指し示す、村のはずれの川の淀みのそばの日向様のおうちへ伺った次第である。それは簡易な板葺きの隙間から風の吹く、土と似たような床のある侘しい箱の家で、中にいらっしゃったのは、藁の塊のような老婆であった。

「嫁取りにきたのだな」

なにも言わぬうちから藁の塊の方はそう呟いた。村の人々のお話では、この老婆ははるか昔には呪術をよくしたという。今では、という言葉もすべての方々が口にした。今では、もはや狂いとなり。

「日向や」

藁の塊のようなそれが振り返ると、その向こうに地面に似た床の上、平たい白い塊が現れる。呼ばれてもぞりと身を起こしたのは棒のような手足を板のような胴体に貼りつけた、顔色の薄い幼い少女であった。

「間に合った間に合った。お前に幸が間に合った」

「ばばさま？」

日向様が立ち上がりそう口にされたとき、すでに老婆は事切れていた。日向様は呆然としてその塊を眺めおられた。老婆は事切れ自ら動くことがないので、わたくしと日向様とで谷の縁の土を掘り、いくらかの布と草花とともに埋め、ひとときの喪をすごし、喪の明け意向を問えば是と申されるので、晴れて日向様は御一族の嫁として迎え入れられることとなった。身罷ればすなわち開けと言いつけられていたという、老婆の座る板の下には、古く立派な絹の花嫁衣装が物言わずじっとしており、それを自らの背にくくりつけ、日向様は出発された。村の誰も何も申されなかった。しかし谷を出で、川を上り、山を行く間、日向様は何度もお倒れになる。その四肢はかすかに体についているに過ぎず、皮ばかりで肉はなく血も大層お薄くあるようであった。ただひとつ、お心ばかりはこの世のどの者も叶わぬほどに清廉でありまた温良で、道端の花々、陸歩く鳥どり、叢中の獣どもまで、目を奪われずにはおられぬほど。日向様の進むあとにはほの暖かい風の吹き、生命たちの喜びが聞こえるようであった。倒れられればそれら草木国土獣虫悉皆が、寄り添うように見守られる。

「また足を止めてしまって、こんなに遅くては、お方様が気を悪くされるのではないでしょうか」

玉の汗の額をぬぐい、日向様はまだ会わぬ里木様へお心を配っていらっしした。このような僥倖がなければ死ぬよりほかはなかったと仰せで、御家の方の申されることとなれば、どのようなことでも引き受けるとの志である。

「このような体では、かえってご迷惑ではないかしら。それに、本当は私のような弱い者でなく、別の方をお望みだったのでしょう」

そのような心配りは無用であって、御家に着けば、里木様は遊び相手のできたことを大変に喜ばれて、出自などにはひとつもお触れにならなかった。それは里木様の特別そのようなことにご興味がないためであって、その他のご親族のお歴々は口悪く、お言葉で日向様のお肌をチクチクと刺されることもあったが、嫁選びの権限は里木様にのみあられ、そうして揺るぎのないものであり、それにくわえ日向様ご自身の並々ならぬ努力とお人柄により、そのようなよろしくない事態はすぐに過ぎ去ったのであった。日向様の里木様への忠誠は里木様がお亡くなりなるまで、いえ、お亡くなりになったあとでも少しも変わらずありつづけたが、里木様はそのようなものを受けるのは、あまり心地がよくないと思っておられるようであった。日向様がなみなみならぬ忠義を自らに示されると、里木様は身をよじって申されるのである。

「そういうのは私じゃなくて、次の子にあげればいいの。私じゃないのさ。次のお嫁さんを幸せにするのが君のさだめだよ。私はいいよ」

それは里木様の日向様と対等に遊んでもらいたいがためのお言葉であったが、日向様はこのお言葉を体の芯に結びつけ、廉宮様をお産みになったあとは、そのことを至上の命題とされたのである。そうして日向様は自ら、あらゆる街や村へ足をお運びになって、里木様のお言いつけを叶えるため、次の子をお探しになった。しかれども日向様のお体の弱くていらっしゃることは終生変わらず、旅先で病に伏せること度々であり、大旦那様はそのことをあまり快く思ってはいらっしゃらなかったようである。ただ日向様の忠義はあくまで自らを拾ってくださった里木様へと注がれており、里木様が不慮の遊びの事故でお亡くなりになったあとでは、まだ見ぬ次の子にこそ、その忠義は向かっていったのである。

「どんな子がいいのかしら。ユユさん。わたし、全然わからない」

南の国であった。日射をあびながら一日中、嫁を探して街を歩き回られた日向様は、その晩から安宿の軋む木枠のベッドに伏せられた。夢魔に襲われているとみえ、三日三晩、言葉にならぬ呻き声を上げられ、時折大きく首を後ろに反らせ、身を差し出すように腕を天へ向けて伸ばされるのである。宿屋はちょうど日向様が藁の塊のごとき老婆と共に過ごされた、あの板葺きの住まいによく似て隙間多く、内側には乾いた土の匂いと人間の頭皮の匂いが、外側からは湿った風と果実の匂いが吹き込み、日向様のお部屋で混ざりあい留まり濁ってあった。あまりよろしくない宿である。けれども日向様の心臓やお肌やお心持ちには、生まれ育った場所に近いその淀みが一等よいご様子であった。それ故、どこでも必ずこのような宿を選ばれるのである。もしこのような病態が清潔で明るいお屋敷で起きていれば、日向様はひと月は床を離れられなかったであろうと思われる。三日三晩経ってやや体調が落ち着かれたので、わたくしは日向様の次に向かわれる場所の査定に出かけた。歩き歩き、訪ね訪ね、繰り返したが、この村にはあまり娘が見当たらないようである。宿に戻りその旨を告げにいけば、日向様がお部屋にいらっしゃらない。しかしそこは実に簡素な作りのお宿。壁も床も安く薄く、物言わぬともどこにいらっしゃるかはすぐにわかる。お部屋のある二階から軋む階段を降り調理場へと向かえば、果たして白いお召し物を羽織られた日向様の後ろ姿がそこにある。

「日向様」

お声をかければ別の物音。それは小さな音でありながら大きな存在の音である。日向様は足元へ転がる金貨をよろりとお拾いになって、その先の者へと目を向けられた。先の者の四肢は汚れており、爪ばかりが白くあとの肌は褐色で、乾き粉をふいた細かな傷の多い、栄養の届いていない荒れたものではあるが、どうしてか病とはとても縁を持ちそうにない。生命の野心を感じさせる肉体である。年のころまだ幼く、瞳のみ炯々(けいけい)と光りおり、なにか小さなものを抱えている。拡大して見れば、それは日向様が絹の糸で作られた、中央に鱗粉を纏った鳥の飛ぶ、小さな金貨入れである。その紐のほどけて、幼い人間は中の金貨を確かめていたものと見える。幼き人間の裸足の爪の先に力が入り、爪の下の皮膚がぐいと凹んだ。

「なんぞ、ものも言えんのか」

その声はかすれて高く、吠え立てる小さな獣のごとくであり、低く構えるその両手は今にも日向様へと飛びかかろうとしているようである。

「盗まれて咎め立てもせんか。そんならくれろ！　おらが使こうちゃる」

「なににお使いになるの？」

「おめにはわからん」

「教えてほしいわ」

幼き人間は繊細な絹の小袋を生きた獲物のように力を入れて握り、まだか細い声の通り道を大きくあけて精一杯の唸りを上げた。

「おめにはわからん。ただ生きるんにこげなもんが必要なんじゃ、おめにはわからん！」

獣のごとき声は日向様にまっすぐあたり、そのお体を貫いたように見えた。日向様の瞳は水を含んで揺れており、まだ熱の下がらぬ肌は赤く燃えている。平たく細い手首の先についたか細い指先を強く握り込み、日向様は瞳と同じように水の含んだ声を出された。

「そうね。あなたのことは、わたしのこととは違うわ。だってあなたの体は、とても立派に見えるもの。きっとあなたのその足は、遠くまで歩いていくことができるのでしょう。ときには走って？」

そのお声の源は驚きでなく、畏怖でなく、まして悲しみでなく、苦痛と欲望のあわいにあって、震えているようなお声である。そのようなお声を日向様はそれまでに出されたことがなかった。幼き人間は顔をしかめている。

「おめはそんなことも出来んのか」

侮蔑の声の底に微かな戸惑いが泳いでいる。日向様はご自分の足の爪の先を眺めて、じっと眺めて、過ぎ去ったものを見るようにして呟かれた。

「ええ。あまりひとりで遠くへはいけないわ。走るのはとても無理。だから捨てられてしまったのね。それなのに拾ってくだすって、ばばさまも、里木様も、このような役に立たぬものを拾って、どうしたかったのかしら。なにをお望みだった？　私はなにをしてさしあげられたでしょう。いいえ、いいえ――なにも」

日向様はお顔をあげると、幼き人間の手からこぼれたと思われる金貨を手に前進された。幼き人間は噛みつく前の獣のごとく、足先に力を入れ、体を後ろに引いた。日向様の手がその体へ伸びる。幼き人間は左の足を大きく後ろに引いた。足の指の付け根がかくんと曲がり、力がこもり、駆け抜ける準備をしている。しかし手が。日向様の手がか弱くかすかに震えているので、幼き人間はその震えから目を離せないようであった。日向様の手が幼き人間の手元に届き、その小袋に金貨がそっと滑り込む。幼き人間の顔にはもはや怒りも侮蔑もなく、ただ困惑だけがあるようである。

「街のはずれに井戸があると聞きました」

日向様が申されると、幼き人間は慎重に眉をひそめた。自らの挙動によって、目の前の命が崩れて溶けていくことがあり得るために、慎重に観察し、まだ駆け抜ける時ではないと見定めている様子。

「あったがどうした」

日向様は立っているのがお辛いようであったが、お顔は笑われていた。

「価値を交換しましょう。わたしには生きのびるのにお水が必要。あなたにはお金。ですから、お水をくんできてください。さあ」

日向様は幼き人間にゆずるために、よろめいて出口への道を作った。幼き人間は再び嚙みつきの口を作った。

「おらは出てくぞ、戻りゃせん」

「なぜ？」

「おめの命なんぞしらん。かってに死ねろ」

「どうして？　私にはその足がないのです。その手も、瞳も、汗もないのです」

やはり幼き人間は眉をひそめた。何かを覗くように日向様を見て、なにを言うとるか、と小さく呟いた。日向様は壁に手をつき体を支えながら幼き人間を見やり、魘（うな）されているときと同じお声を出された。

「きれいな肌。日に焼けているのね。ねえ、どんな風なのかしら、日を浴びて、苦しまないですむの？　すこしは苦しいのかしら。足に細かい傷があるのね。でもそれで体中が熱くなったりしないのでしょう？　誰かのおうちに入って、ものを盗って、走っているときにはどんな気持ちがするの？爽快？　それともやっぱり、それもすこしは苦しいのかしら。ねえ、わたし、とても知りたいのよ。あなたがどうやって生きているのか。ですから、ね、戻ってきて。価値を交換しましょう」

「なにが価値か。おらはなにも」

持ってない、と幼き人間は呟こうとしたようだった。しかし日向様の言葉がそれを覆う。

「あなたの命をわたしが買うわ。あなたはお金がほしいのでしょう？」

日向様はよろめきながらまた幼き人間に近づいて、その顔に手を伸ばされた。幼き人間はもはや困惑に足を絡め取られ、すぐには身動きが取れぬよう。日向様の手がその顔に届き、親指の腹で目の下のあたりをそっと触れられる。

「あなたのここには、沼のようなくぼみがないのね。わたしとは、ぜんぜん、ちがう」

幼き人間がはっとして日向様の瞳から逃れる。捕われていた足が抜け、その体は途端に動き出した。日向様の横を走り抜け、駿馬のように風が通る。あとにはかすかな体臭だけが残り、それもすぐに消え失せた。日向様はもはや立っていることができぬようで、その場へ崩れられた。体をお支え二階へお連れすると、しかし、そのお顔はほのほの熱をもって恍惚とされている。

「ねえみた？　あの子のあの足、あの骨格。すてきだわ。とてもすてき。ユユさん、金貨が必要よ。たくさん、とてもたくさん」

そう申されたのち、軋む音の悲鳴のようなベッドに倒れられ日向様は意識を失われた。失われてしばらくすると、また悪夢に襲われお顔の歪む。この様子であれば三日三晩、あるいはそれ以上、こちらの世界には戻られないかもしれない。まだしばらく世話になると宿屋の主に告げ宿銭を渡すと、生きているのかいないのかひと目で見分けのつかぬ店主は、生まれてはじめて金貨というものを見たような不可思議そうな顔をするのだった。この宿を訪れた日もそうしたし、三日前もそうした。日向様はいつも必要になるだけの金貨しかお持ちにならず、それは病のために滞在の時が伸びれば、十分とはいえないくらいの量となる。それも幼き人間に与えてしまったので、大旦那様が内証にわたくしの懐にお入れになった今の金貨でほとんど旅に必要な栄養は仕舞いである。これ以上時間が伸びるようであれば、わたくしだけでも一度お屋敷へ戻って、そのようなものの工面をする必要がある。しかしそのようなことが可能であるか。計算をするが、日向様の状態は今までの状態の悪さとは、聊か状況が違っているように見える。どことなく、悪夢の中で踊っているような、歌っているような気色がある。あの幼き人間のことがあったからに違いなく、このような状態の日向様をひとり置いて、お屋敷に帰るのは忍びない。とんと計算ができぬ。喜びや妬みが日向様の体に与えるものを測定することができない。おひとりで魘される日向様を任せるのに、存在しているようなしていないような店主は、とても役に立たないであろうという推測だけは出来る。夜半になったが、わたくしはまだ長い計算をしていた。部屋をつくる簡素な木々の隙間から月明かりと虫々の声が漏れ入っている。熱帯の微風は日向様の薄い血の走る肌を涼やかにするような機能はついておらず、汗が浮いては、熱い息が漏れ、日向様は魘されながらたえず微笑まれている。

獣がいっぴき戸外に立っているようだった。階下の簡易な、板が二枚かぶらないようについているだけの宿の入り口の、そのすぐ外側で、獣特有のひそやかな呼吸が眠らずある。日向様がときどき、悪夢に飲まれて声を上げると、その獣はひたと息をとめ、体を固めるようだった。それが獣でなく朝方の褐色の肌の幼き人間のものであると気がついたのは、何度目かの日向様の叫びのあと、たぷんと揺れる水の音がしたからである。わたくしは日向様のお顔を一度確認して、軋む階段を降り簡易入り口の前に立った。呼吸はすぐ向こうにあり、獣のような幼き人間は逃げてはいないようである。わたくしは戸外へ向けて一度お屋敷に戻らねばならぬ旨を闇へ告げた。幼き人間の獣の声が答えていう。

「あれは置いていくのか」

「あれと申しますのは」

「あの弱い人間じゃ」

「日向様と申します」

「ひゅーが」

幼き人間は音を繰り返した。そうしてもう一度、ひゅーが、と呟いたときには日向様のお名前はその小さな体の中にすっかり収まったようであった。たぷんとまた水の揺れる。かすかな血の匂いがする。月明かりが漏れ入り板と板の隙間からその姿がほんのすこしだけ見える。幼き人間は脛(すね)と膝のあたりに血をにじませているようであった。他にもどこからか血の匂いをさせているが、板の間からでは見留めることができない。井戸はこの街の人間の生命であり、このような幼き人間が簡単に近寄ることのできない聖域であるのに違いなかった。水は獣の胃袋を鞣(なめ)したものに入っているようである。

「明日の朝早くにわたくしはこちらを出ます」

「あんな弱いもの、こげな場所に置いておけば食われて死ぬど」

「金貨をご用意しなければなりません。それが日向様のお言いつけです」

「おめは頭が悪いのか」

「わたくしはお言いつけを破るようにはできておりません」

幼き人間は黙ってしまった。朝、わたくしが旅立つとき、その体は宿の入り口より少し離れた場所、ちょうど二階の日向様が臥しておられる窓辺の下のあたりに座しているようであった。

「テーブルに果物がおいてございます。日向様はちいさなものでしたら召し上がります」

刺激せぬよう声だけで伝えたが、幼き人間からのお返事はなかった。わたくしはすぐに出立した。日向様の体に害が及ばないよう、行きはずいぶんと遠回りをしたが、砂漠をまっすぐに進むのがお屋敷には一番早くにたどり着く計算である。ラクダの涎は草の匂いがするようである。毛は硬く直射をあびて光り、夜の凍える寒さにも動じずにある。なんと頼もしい、なんと動じぬ生き物よ。長い嵐と長い夜をいくつか越えてお屋敷に辿り着くと、お庭の水辺で苔を触って遊んでいらした廉宮様がまずわたくしに気が付かれた。

「ユゥ、おかえりなさい。お母さまは？」

「まだお帰りになりません」

「そう。あのね、新しい生き物を見つけたんだ。ぼくは生き物のほうがすきだな。生き物はしゃべらないから」

「ええ、ええ」

廉宮様にとって、人間は生き物とは別の存在として数えられているようであった。自らの嫁を探しに日向様が出かけられていることはかすかに理解されているようであるが、別段、気には止めていないご様子。

「ねえ、ユゥ。ぼくあの滝のある場所へ行ってみたいんだ。きっと生き物がたくさんいるよ」

「ええ、廉宮様。帰りましたら、ともに参ります」

「約束だよ」

帰りの道行にはさまざまの獣が並走した。乾燥した地面を走るバイソンは獣の中でも随一の風格である。長い毛のおどろおどろと張りついて、走ると地面がやや揺れる。地には角の生えた蛇。名前はわからぬものである。廉宮様がご覧になられたら、どれほどの感情を抱くであろうか。しかし廉宮様もまた、日向様の血をひいてお体が強くはなく、お屋敷の敷地の外へ出られるのは難しい。あのお屋敷の範囲が廉宮様の冒険の枠である。枠外にいるわたくしができることは、見たもののお話をすることと。足の長いねずみ。凶悪に長大な針のある植物。嵐の夜のラクダの勇ましい体温。なんとなんと、心強い生き物であったか。

宿に戻ったのは真昼に近い午前であった。簡素な入り口から中へ入ると、存在しているのかいないのか判然としない店主が隅の椅子の上に存在していた。うっすらとこちらを盗み見て、頭を下げたような下げぬような。手に蒼い色の紐を持っていたが、何をしているのかは判別が不能であった。空気を震わせる力の殆どない細い声で店主の言う。

「もうひとり増えるようでしたら」

はっきりと最後まで物を言わぬのがこの店主の生き様であるようだった。充分以上に補充された金貨を多めに渡すと、店主は腰から体を曲げて頭を垂れた。蒼い色の紐はその指に絡まっているようである。日向様のおられる二階へ向かう階段は、昼間にはあまり音を立てぬ。埃の光がそこここに浮いていて、南の国の人間の湿った体臭と生活の匂いが部屋の入り口から外へ流れているようである。部屋には天上からの直射が屋根に形を変えられて斜めに入って、日向様はその下で、出た時と同じように、簡単な木枠のベッドに臥しておられた。光の満ちているためか、顔色は白く明るく見えるようである。壁の木枠のベッドの隙間の床に幼き人間が座っている。脛と膝の怪我の血はすっかり乾いて欠けて、また新たな皮膚が出来上がっているように見える。傍らにある獣の胃袋を鞣した水入れにはもう水分はほとんどないようであった。幼き人間はわたくしの顔を見上げると、別れた晩より微かに水気の含んだお声を出した。

「ぶどうを食べた。りんごは、おらには難しい」

果物の籠の横にぶどうの皮のへろへろが山を作っている。りんごにはいくつかの爪のあとと、ちいさなお口で齧られたようなあとがいくつもある。幼き人間はナイフの使い方がわからないようであった。足を小さく縮めてそこへ頭をつけ、むずかるような声を出す。

「おらの口でわけろと言うだ。こいつは変だぞ」

「日向様と申します」

「ひゅーがは変だ」

日向様は幼き人間の齧った小さなりんごの破片を召し上がったのだろうと思われる。日向様を育てられたあの藁の塊のような老婆は、日向様の幼少のみぎりにはそのようにして、食べ物をお与えになったと聞く。血の流れのない者同士が血をわけるためにそのような行為をするのだという。幼き人間は立ち上がって、その場を離れようとした。小さな体重にほんのすこし床板の軋む音のして、日向様が目を開けられた。

「お水を汲みにいくの？」

汗のほろりと流れて、日向様はようやっとで身を起こされた。幼き人間はしっぽを脚の間に挟んだ獣のような顔で、起き上がろうとしてなかなかできない人間を不可思議そうに観察していた。

「金貨分の仕事はしたろ」

日向様が震える手をこちらに伸ばされるので、その手にわたくしが十分に補充された金貨の袋をお渡しすると、幼き人間は少し離れた場所で、光を浴びてなお白くならぬ褐色の顔色でそれをただ眺めている。日向様は金貨をいくつか取り出して、木枠のベッドから足を下ろし、力の液の抜けきったお体をどうにか持ち上げて、幼き人間へ歩み寄った。幼き人間はやはり見ていた。

「お水を汲んできてください。これで」

金貨を手渡そうとして、日向様はよろめかれた。いそいでお支えにいくと、体は熱く軽い。幼き人間は日向様の顔を眺めており、金貨を受け取ろうとはしなかった。

「それにやってもらえばよかろ。おらでなくとも」

「ユユさんはあなたではないわ」

「意味のわからん」

「あなたが汲んだものがいいの。あなたのその体で汲んできたものが飲みたいの。ほら、このお金を使って？　体だけでなく、頭も使うのよ。あなたはきっと体と同じように頭も上手に使えるわ。わたしとは違うもの。ね」

日向様の腕はなかなか持ち上がらず、金貨はほろりと手のうちから落ちていった。簡単な床板は金貨がはねてもあまり硬い音はせず、ちいさな動物の飛び降りたような音を立てて転がった。幼き人間はそれを見て、日向様を見て、しばらくその震える指先を眺めており、ふいと振り返って金貨を拾いにいった。褐色の肌にちょうど外からの日の届き、振り返った幼き人間はやはり光の中で白むことなく存在している。

「ひゅーがは変だ」

わたくしの手の中で日向様はすこし体を揺らせて笑われた。その拍子に咳き込まれて、それでもなお笑っておられ、息切れのあいまに顔を上げられる。

「あなた、お名前はなんていうの？」

「おめには呼ばれとうない」

「なぜそんなことを言うの？　とても悲しいわ」

「ちがう。いらぬ名前だから呼ばれとうないんじゃ」

「どうしていらないの？」

「わしを捨てたもんが付けたんじゃ。いらぬ人間の名前なんぞ好かん」

そう、と日向様は簡単に呟かれた。そうしてふと背から差し込む光を振り返り、窓枠の向こう側に広がる濃く青い空色を眺められた。白い丸い太陽の光は天上の中心にいて、日向様の弱い力のない指は、それを触ろうとして届かず、目を細められた。

「真昼の空は強くてきれいね」

「あの人のいない真昼なんて！」

エラーを起こしていたようである。

真昼様は強く足を踏み込み、御相棒は唸り声を上げて、疾く疾く走られる。本邸は遠く東にある。

それから逃げるように真昼様は疾走されているようだった。日向様のおられなくなって、幾年が過ぎても、真昼様はいつでも強い気持ちでそのことを苦しんでいらっしゃる。日向様のお言いつけで、真昼様はどんな険しい場所へも踏み込んで行かれた。花嫁修業といって、大旦那様への建前をどうにかおふたりで保って、世界を飛び回り、山を越え、海を潜り、平原を走り、そうして谷に眠った。ことに日向様は真昼様の大木に登られる姿がお好きだった。お加減がよければ、一緒に日の下へ出て、勇猛な態度と繊細な足さばきであっという間に天上に上り、木の実を取ってこられる真昼様のお姿をいつまでも眺めておられた。木の実は金貨と交換であり、お二人はすべてのものごとの価値をそのように交換された。未開の凍える村の桃色に透けた脂肪の塊も、密林の決闘の末の盗賊のお宝も、お宿の階下で汲んだ飲水も、すべてすべて日向様は金貨と交換された。そうして今や、真昼様の体中には価値がまとわりついている。

「ゆゆ、わかっているわよ。これが過ぎればちゃんと帰るわ」

真昼様は日のてっぺんにいる時間はかならずお一人になられる。この日のてっぺんに昇るひと時は、真昼様のお体が日向様の金貨と交換される特別な時間帯であったのだ。今はなくとも、真昼様のお体はいつでも日向様と交換されるために存在している。この時ばかりは真昼様は本来のお姿に戻られる。御相棒はちょうどまた一本木の丘へ向かっているようだった。敷地内を大きく一周したのであろう。真昼様は本来の姿でもって高らかに遠吠えをされた。この遠吠えは、密林へ向かう道すがら手に入れた獣との戯れのための技術である。日向様はそのお声をなによりも気に入っておられた。しかし今では、どこからも喜びの小さな笑いの声はしない。

「おらは御羊なんぞはじめて見るな。皮を剝いで肉を食うんじゃろ」

「ええ。わたくしがご用意します」

「今日はまたなんぞややこいことをするんか？」

「来賓の方へ御羊のお披露目と、毛刈りの儀式をいたします」

「それもゆゆが刈るな？」

「いいえ。本来はご子息ご息女が刈られます。廉宮様がおられないので、この度は日野様、大輝様、冬弥様、桃子様がご登壇されます」

「なんでも同じ血の流れてるもんに継がせたがるのな。ああ嫌じゃ嫌じゃ。あん息子も早死にして得したろ。あれはあれでいい人生だったろうな」

　真昼様と廉宮様ははじめから終わりまでまったく別の人生を歩まれた。日向様がはじめてお二人を引き合わせたとき、廉宮様は真昼様の足をご覧になって、牝馬との類似点をいくつか述べられた。真昼様は顔を顰めておられたが、廉宮様にとってそれは最上のお近づきの言葉だったのである。おふたりは相反することは決してなかったが、同じ価値を持たれたこともなかったように見えた。廉宮様は真昼様の動物的身体をおそらくは好ましく思っておられたし、真昼様の方でもなにごとかの本線から外れた者同士、多少の同調を感じられていたように思うが、どちらにせよおふたりともがお若く、身体とも言語とも互いに擦り寄せ合うことを知らず、なにより共にいられた時間はあまりにも短く、そのまま死に別れとなってしまわれた。しかし廉宮様が御羊となって饗されたのち、真昼様はその凍結され残された白濁を受け入れることには、むしろ積極的であった。それは日向様の血を引く者をみずからの体から排出されたいという真昼様自身の強い願いもあったであろうが、廉宮様に対する哀惜の念も少なからずあったのだろうと推察される。

「ゆゆ、まだ頭がはっきりとせんのか。また登ってみせちゃろか」

真昼様は一本木のふもとに御相棒を止めて、お靴を脱ぎ捨て芝の上へ飛び出した。ドレスの端をぐいと結んで、随所に適切な膨らみのある御御足をさらし、太く高く広い一本木の幹に足をかけると、ひとつも間違えのない道筋で上へ上へと登っていかれる。瘤を握り込むような足の指の形。幹をつかんで膨らむ上腕の形。天空だけを見て伸びる首筋の形。あらゆる形が日向様のご覧になっていたころと寸分の狂いもない。真昼様は日向様の愛された体の形を成長しきった今もなお保っておられる。みるみるうちに一本木のてっぺんに登られた真昼様の体に、同じく天空のてっぺんに昇った日輪の光が差して、人の形がはっきりと影になり、神のように存在をしている。真昼様の生命から枝の伸び葉の生まれ根の張り、どこまでも広がっていくようである。ここでは空の色薄く、あの南の国のように真昼の光は近くなく、ぼんやりと膨らんだよう。日向様の真似をされて、真昼様はそのぼんやりの薄い遠い光に手を伸ばされた。日輪の光に暗い丸い影が重なり、真昼様の手のなかにすっぽりと収まる。その影を持ち上げて捻り、ふいっと放り投げる。丸い影は空を飛び、かと思うと落下を始め、芝の上にぽてりと落ちて、丘をさらさら転がった。それは日輪ではなく赤い果実であった。ころころと、丘の傾きに果実の転がる。天上から真昼様の笑い声のする。

「とろくさいの！　ゆゆ、おめは変わらんな」

わたくしが果実を拾いに出かけるあいだに、真昼様は木々の枝たちに運ばれてするりするりと地上へと降りてこられていた。結ばれたドレスの端を解くと、もはやそこにおられるのはお屋敷の奥様。

「さて。帰りましょうか。かわいい私の子供たちが待っているわ」

真昼様は正面からわたくしの肩を両の手でつかむようにして、まるで神を見上げるような懇願のお顔で、わたくしを見下げるのであった。

「ゆゆ、私の子どもたちを頼むわよ」

それからふっと、真昼様は本来の姿を取り戻し、笑われた。

「結局おらも血のことを言うのだな。生きるものは、誰かの血を残したいものらしい。御羊肉なんぞ、身の毛がよだつが、なあ、ゆゆ。もしあの人が御羊になったなら、おらは残さずひとりで食べただろうな。そうすれば、もう、それだけでよかったろうな。でもそれがないんで、血を残したんじゃ」

帰りの御相棒のスピードはまったく奥様のものであり、適度な速度、遠吠えはなし。日はてっぺんから少しだけ傾き、あとは終わりに向かうばかりである。真昼は終わった。本邸に戻ると真昼様のお子様方がお出かけの用具をすっかり片付けて、それぞれの位置、それぞれの座り方、立ち方でそのご帰還を待っておられる。

「真昼さんったら、どこで遊んでいたの?」

「悪いわね。少しドライブよ」

お子様方はそれぞれに真昼様にお声をかけ、御相棒の後部座席からさまざまの箱を手にとり、お部屋へ運ばれる準備をされた。日野様に手頃な正四角形の箱を手渡された冬弥様が、こちらへお声をかけてくださる。

「U、準備があるなら行っておいでよ。荷物はぼくらが運ぶから」

ありがたくそのお言葉をいただき、わたくしは御殿へもどることにした。渡り廊下で孔雀の眠っているのを起こさぬようにと思うても、彼らの尾は交互になってきら波を作っているので、ほんのすこし足の先が触れただけで目の覚めて、重たい一瞥を与えられる。幾羽かの視線をいただきながら尾を飛び尾を越え向こうへ出れば、裏庭の大木の日を浴びて、御羊の御殿に葉の隙間を通り過ぎた斑の陽光がそそいでいる。

御羊はたんまりと入れた青草を口を左右に動かしお食べになっているご様子。御羊になる前には敷物はかならず日毎二回、朝起きられたあとと、午睡のあとに変換が必要であったが、こうして御羊になられれば御自ら敷物である青草をお食べになり、わたくしはそこへいくらかの青草を追加するだけで済んでしまう。

大旦那様の薄ら白くなっておいでだった瞳は、御羊になりぼんやりの横線が輝くように滲み、その回りは濁りのない琥珀色である。お角はすでにお耳のそばを通り、円を描くため天を向こうというところ。ぢっと見ておれば伸びるのが観察できるような早さである。お角の伸びは御羊になられる前の威厳、あるいはこれは大声というべきものであるかもしれないが、それと比類しているようである。大旦那様はお声が誰よりも大きく、廉宮様はお小さかった。ああ、廉宮様のかすかな爪の先ほどのお角の、なんと可憐で愛らしかったことか。とにもかくにも、お披露目のためまずはお角を磨かねばならない。そのためには仮漆が必要である。

森へいきヌマワニのぽつねん島で眠るのを眺め、子鹿の塚に寄り添う狒々を横目にさらに奥へ、陽光を吸い込む葉たちの風に吹かれてそよいでいる音の一層強くなる場所に、クヌギの群生している。

やや湿った腐葉土の匂いに虫々たちはおのおの忙しくお働きになっているご様子。なかでも様々の働き虫たちの集まる場所を拝借して、逞しいそのクヌギの有機の円周の鱗を剝がし、丸鑿（まるのみ）で穿ち穿ち、内側より垂れそめる樹液を緑釉の壺に拝借する。虫々の角の突き合わせて時に戦闘に陥るをいくつか見定め、ほどほどの樹液が壺に溜まったれば、穿った穴を塞ぎ帰る。

本邸に戻り食堂の八つあるコンロの七番目の下の戸棚、濃紫の油差しにあるのは葡萄の種子より取った油。これと樹液を合わせて皿の上で混ぜ、日射の光を浴びさせさらに混ぜ、お庭で一等咲き誇っているものの花弁、このたびは仄かに朱のさした白色の山査子（さんざし）であったが、それをいくらかちぎって放り入れやはり混ぜ、ひたらすらに混ぜ、仮漆を作る。その間に御羊はお早い午睡をされた模様。目の覚まされても寝ているような瞳の横軸一本はにじみ、よくよく見ればその回りの琥珀に滲みが広がってある。やはり明日にでも晩餐を開かねばならぬ。お角は相も変わらずにのびのびと伸び、そこへ出来上がった仮漆を刷毛で取りひたひたと塗りこめる。御羊はややもったりとした口の動きでなにごとか抗議のような、あるいは微睡（まどろ）みの余韻のような動きをされた。大旦那様はまこと立派な御羊になられた。仮漆にお角はきらめき、洗い清めた胴体のちぢれ毛もふっくらと、蹄の形の申し分なく、来賓の方々のご歓声が聞こえるよう。お角に青草のつかぬように頭部を保護し、その間に首飾りの準備をすることとした。これは真都様がご用意されるとのことであったので、別邸へ向かう。

別邸への渡り廊下は煙少なく、しかし前日からの残り香の混じって、濃く重い空気はまだ健在である。早い午後の明るさに気怠さの混じって建物は眠りの中にあるご様子。暗がりに入れば舶来の調度品たちも役割を休みはじめた所と見え、来訪者への一瞥もなし。みなみな午睡に生を投入しておられる。動くものの唯二は虎の呼吸と部屋の真中に倒立する氷食のための塔の振動のみ。真都様はいずこと見れば、広大な寝台の奥深く音をたてずに臥床されている。

ほとんど白髪ばかりとなった御髪にはしかし、均一な距離を保って傷のない真黒の束が流れている。このために真都様の御髪は眠る時でも波を打っているよう、ぢっと目をこらせば微かな寝息に体のふくらみがある。

「真都様」

声に反応したのはただ虎ばかり、片目をあげてこちらを眺め、ちいさな存在をひとのみにするあくびを一つすれば起き上り、四足ですらりすらりと音を立てずにこちらへ歩みよる。鼻先で寝台の横の建具をさわると、ふっくらと大きな肉の前足で抽斗を一、二度ひっかき、それで仕事は終ったとばかり、絹の刺繡の施された布の海である自らの寝床へ戻っていかれた。虎の示すとおりに抽斗をあければ果たして御羊の首飾りがそこにある。三連の月長石はその白色の内に天色を揺らし、首紐の涅(くり)色は深く濃く穏やかである。

「ゆう、きたのね」

寝台の内側の深いところよりお顔を少し出されて、真都様は幼きころと変わらぬ遠いものを見る眼差しで、わたくしの手元の首飾りに目をやった。

「もう戻らないでしょうから。せめて愚兄につけてやろうというわけ」

午睡から生をこちらへ移すのがお厭なのか、真都様は虎と同じように寝台の海の中から出ないまま呟かれた。

「私はそれを使うのを待ちわびていたような気もするし、永久に来ないようにと願っていたような気もするの。ねえ、ゆう。だけどもう誰も覚えていないわ」

その首飾りは従兄弟であられた陸夜様が御羊になられた折に、真都様が夜を徹し懸命にお作りになったものである。一体、お歴々のどのような首飾りも、これほどまでの静かな悲しみを帯びていたことはない。深い哀惜の念を水底に隠すようにお作りになったその首飾りはしかし、ついぞそのお首に下げられることはなく、陸夜様が御羊のままお屋敷の庭の向こうの森へ駆けて行ったを見られたのは、御一族の中でただひとり、此度に御羊となった大旦那、桜李様のみである。

「ねえ、ゆう。桜李兄様は、ついぞ私に秘密をお話しにならないまま、御羊になってしまったわ」

秘密、と申される時、真都様は自らを遠く、遠くに置かれる。それは事実、遠く遠くに真都様がいらっしゃった為ではなく、陸夜様と桜李様が、一等真都様のことを愛しておられ、そうして慈しみ、陸夜様と桜李様の間に横たわる大いなる事柄への疑念、憂患、煩悶、あるいはそのような類の一切を抱かせぬようにと、真都様に対してのみ常に微笑みなさっていた為である。しかしそうしたことは真都様には柔らかい断絶に他ならず、日毎年毎、その思いは増し、陸夜様の消失されても、桜李様が御羊になられても、真都様は自らをお二人の近くに置くことが出来ずにあるのである。

「私だけが、いつでも外側にいる。私は何も知らないまま、ねえ、ゆう」

首飾りの光の中、お隠しごとは白色に溶け美しいまま見え隠れ。真都様のその懇願を、わたくしはもう何度、幾度、ぽろぽろ、ほろほろ、溢れるがままにしているだろうか。

「どうしても教えてはくれないの？　お兄様方は、なぜ、どうして」

早川書房の新刊案内 2025 1

〒101-0046 東京都千代田区神田多町2-2 電話03-3252-3111

https://www.hayakawa-online.co.jp ● 表示の価格は税込価格です。

(eb)と表記のある作品は電子書籍版も発売。Kindle/楽天 kobo/Reader™ Store ほかにて配信

＊発売日は地域によって変わる場合があります。 ＊価格は変更になる場合があります。

ダブル受賞

第12回ハヤカワSFコンテスト大賞受賞作

編集部選考で全員5点満点の傑作が登場！
文明が滅んでも部活動は続く。

コミケへの聖歌

カスガ

二十一世紀半ばに文明は滅んだ。山奥の僻村イリス沢に生き残った少数の人々は原始的な農耕と苛酷な封建制の下で命を繋いでいる。そんな時代でも、少女たちは《イリス漫画同好会》を結成して青春を謳歌していた。文明の放課後を描くポストアポカリプス部活SF。

四六判上製 定価1980円 [22日発売] (eb1月)

◆◆◆◆◆◆◆◆◆◆◆◆◆◆◆◆◆◆◆◆◆◆◆◆◆◆◆◆◆◆◆◆◆◆◆

最終選考会で神林長平氏が激賞！
現役書店員による堂々のデビュー作

羊式型人間模擬機

犬怪寅日子 いぬかい・とらひこ

男性が死の間際に「御羊」に変身する一族に仕える「わたくし」はその肉を捌き血族に食べさせることを生業とするアンドロイド。ついに大旦那が御羊になったある日、「わたくし」は儀式の準備を進めるが、一族の者たちは「御羊」に対して複雑な思いを抱いていた。

四六判上製 定価1760円 [22日発売] (eb1月)

2月刊行 ハヤカワSFコンテスト優秀賞受賞作『マイ・ゴーストリー・フレンド』カリベ ユウキ

ハヤカワ文庫の最新刊

●表示の価格は税込価格です。
＊価格は変更になる場合があります。
＊発売日は地域によって変わる場合があります。

1
2025

SF2466
宇宙英雄ローダン・シリーズ728
惑星ハルト偵察隊
エーヴェルス&シェール／若松宣子訳

イホ・トロトとアトランはイェリャツと共に惑星ハルトへ向かう。カンタロの警備隊に察知されハンクール星系に逃れようとするが!?

定価1034円［絶賛発売中］

SF2467
宇宙英雄ローダン・シリーズ729
トプシドの秘密兵器
フェルトホフ&フランシス／林 啓子訳

ローダンとブルが《シマロン》で向かった惑星トプシドでは、トプシダーたちの文明がロボット胞子によって徹底的に破壊されていた
定価1034円［22日発売］

SF2469
韓国ベテランSF作家の、軌道エレベーター・アクションSF長篇！
カウンターウェイト

eb1月

韓国の巨大企業が建設した軌道エレベーターに隠された世界を揺るがす謎を巡り、高軌道で微重力下戦闘を繰り広げるアクションSF

ハヤカワ・オンライン
Hayakawa Online
リニューアル OPEN!

創業80周年記念

\今なら/
ブッククラブ有料会員新規入会で
1,100円分 ポイントプレゼント!

2024年12月1日～2025年1月31日まで

有料会員向けの特典が充実
ポイントを使ってさらにお得に楽しみましょう!!

ブッククラブ有料会員の詳しい情報は、
公式ホームページをご覧ください
https://www.hayakawa-online.co.jp/bookclub

Web応募も受付中

第15回
アガサ・クリスティー賞
締切り2025年2月末日

第13回
ハヤカワSFコンテスト
締切り2025年3月末日

詳しくはこちらをご覧ください

●新刊の電子書籍配信中
hontoなどで配信されます。

恒星を創り、地球を救え！　核融合の未来を切り拓く「スタービルダー」たちの奮闘の軌跡

「夢のエネルギー」核融合の最終解答

アーサー・タレル／横山達也監修、田沢恭子訳

eb1月

地球上に擬似的な恒星を創り、CO_2を排出することなく莫大なエネルギーを生む夢の技術、核融合発電。その実現を目指しひた走る者たちを、人は「スタービルダー」と呼ぶ。官民がしのぎを削る熾烈な競争を制し、栄光を掴む者は誰か——徹底した取材で最前線に迫る

四六判並製　定価2860円[22日発売]

スマホに侵入し、盗聴、監視、脅迫……調査報道が暴く戦慄の実態

世界最凶のスパイウェア・ペガサス

ローラン・リシャール&サンドリーヌ・リゴー／江口泰子訳

eb1月

イスラエルの企業が開発した、通話やメールから位置情報まで、スマホのあらゆる情報を外部から監視可能にするスパイウェア「ペガサス」。このソフトが世界中でジャーナリストや人権活動家の弾圧に悪用されている実態を暴いた記者たちによる、執念の調査ルポ。

四六判並製　定価3300円[22日発売]

ジンバブエ版『動物農場』。『あたらしい名前』著者9年ぶりの長篇

動物工場

eb1月

アフリカにある動物たちの王国ジダダは、植民地支配から民を救った建国の父オールド・ホースの政権誕生40周年を迎えた。だが、ジダダの民たちは気づいている。この栄光の影で犠牲となる者たちの声を。ブッカー賞最終候補に選ばれたジンバブエ版『動物農場』。

首飾りの光を撫ぜるとき、真都様はいつでもわたくしにそのように懇願なさる。秘密の開示をしかし、わたくしは、許されてはいないため。

「あんなに仲睦まじく、幸せであったのに」

そうして述懐、述懐。わたくしからは言葉が出てこないため真都様の旅先は記憶の中。そこから新しい発見をなさろうと、同じ場面を繰り返し繰り返されるのである。

「お母様、私はどうしたらよかったの？」

陸夜様の首飾りのお仕上げをなさったのは、真都様と桜李様のご母堂であられる里木様である。里木様は幼きころより御遊戯を生命の第一使命とお考えになって、あらゆる遊びを遊び尽くしておられたが、その源にはご令姉であられる密花(みつか)様がいらっしゃった。

里木様と密花様はひと年違いのご姉妹。生まれたその時よりお傍を離れることのなく、足のお悪い密花様の足となり、そればかりかお手となり、体となり、何ごとにも取って代わるといったご様子で、ある時は密花様を背に丘をお登りになり、木陰にお休みになる密花様へお花を届けるため、野を駆け、水田を走り、沼を飛び越え、あらゆる色彩のあらゆる植物をお摘みになり、また全速で密花様の元へと帰って来られるのであった。その御姿はまるで主人に使えるけなげな獣のごとくであり、摘まれたる花々の色々で、密花様が冠をお作りになり、里木様の潑剌と輝く黒色の御髪に乗せられると、里木様は歌うように踊るように全身でお喜びになりまた駆け回るのであった。

お二人はまるで双生児の如くであったが、それは類似ではなく相補によるもの。お二人がお持ちである同一のものはその血のみであって、乳白色に近い密花様の柔らかい肌には、褐色に近い里木様の張りのある肌があり、撚られたる絹糸より一本を取り出し繊細に縫い遊ばすのがお得意な密花様に対し、豪快に異種雑多のあらゆるものを組み合わせ調度品をお作り遊ばすのがお得意な里木様があるのであった。外見のみならずお人柄も凸凹、しかしその凸凹はぴったりとくっつきになって、外から見ますればお二人はお二人であるとき、まったく一つの世界を作り成すようであるのだった。

「密花ちゃん！　密花ちゃん！」

「どうしたの、里木ちゃん」

お二人は傾慕の念を込めてお互いをお呼びなさる。その睦まじさは終生途切れることなく、しかし、里木様は生まれてより密花様を主として捉えられている気色のあり、けなげな獣のごとく、密花様が病床にお伏せになってからはより一層忠義を尽くし、その身のお世話をことごとく、隅々まで、お喜びになりながらなさっておられた。里木様は御遊戯を自らのためでなく密花様のためにご修行なさっていたのである。

そのように鷹揚で他愛を主とする里木様が声をお荒らげになったのは、一生涯のうちただ一度、父君の真治様が密花様の婿をお取りになったときである。里木様の激昂なさるはやはり、密花様への思いからであって、お体の弱い密花様に御家の務めを果たすようにと真治様がお話しになったからである。御一族の決まりにより、次期当主は長子の御子息がおなりになるのであり、真治様は気のお強い方ではあられなかった為、方々からのご催促に反抗する気概をお持ちではなかったのである。

密花様を思われての里木様の激昂は尋常ならざるものであり、一族の歴史書には記述がないが、あらゆるものへの破壊行為は一種の創造とも呼べる霊妙な構成美を持ち、三日三晩、密花様のお耳を遠ざけながら抗議をお続けなさったが、真治様の涙の懇願によって、あるいはやってきた婿殿である覺様の甘言によって、里木様はようようその美的な破壊行為をおやめになったのであった。

果たして、密花様よりお生まれになったのが陸夜様である。長い長い困難な御産により密花様のお命はみるみるか弱く細くおなりになったが、そのお体の衰弱と相反し、御心の輝きは目で見えるよう、ちいさな命の頰をお触りになっては、

「ほら、里木ちゃんにそっくりよ、この目尻、この鼻筋」

とお喜びになるのであった。その言の葉は事実の摘み取り、まさに、陸夜様は、密花様よりも覺様よりも、かえって里木様に似ておられたのである。

「かわいいわ。とってもかわいい。ねえ、あなた、里木ちゃんをよろしくね」

緑児の陸夜様にそう言い残し、歌うように踊るように、幸福なお顔でもって密花様はお隠れになった。里木様は主を失い御遊戯に向ける熱情をもすっかり失われ、何事にも興味を持たれないような空白の時をまま過ごされていらっしゃったが、その度に陸夜様のお泣きになり、お笑いになり、密花様のお言葉の通り、自らの生命の存在でもって、里木様をお支えになっていたのである。

里木様は新しい主として、また自らの御遊戯の向かう先として陸夜様をまこと愛寵され、お二人で何事をもお笑いになりながらお過ごしになった。数年の後、真治様が里木様への婿取りをおすすめになったとき——これはお体の弱くあった密花様の御子息である陸夜様が、またぞろそのような性質を持っておいでかもしれないという方々の疑念の目、代替の要請によってであったが——里木様は進んでそれを遂行されたのであった。

「ねえ、ゆっちゃん。きっと陸夜にも密花ちゃんみたいな存在が必要だと思うんだ。私にとっての密花ちゃんは密花ちゃん一人だけだったからね。陸夜にも、密花ちゃんみたいな人がいると、とっても嬉しくなると思うんだ」

かくして、お生まれになったのがこの度御羊となられた桜李様である。その肌の白さ、瞳の琥珀は密花様に似て、四肢のしなやかに動くは里木様に似て、そればかりでなく桜李様は御一族のご令嬢ことごとくの美点を受け継いでおられ、生まれたそのときよりその麗しさによって、方々の御親族の評判となり、お祝いの来訪は絶えなかった。産屋に次々と大きな生き物がやってきて、自らを讃え、褒めそやしていることを、桜李様はその時分よりしっかと理解されて、それにそぐわしいお顔やお動きをされてあった。

桜李様の初立(ういだち)されると、その通り道には花の匂いの立つようで、御一族の皆様、あるいはまた度々訪れるようになったご来訪者様方は、うっとりとその香りの後を眺めやりまた褒めそやし、馨しくあるその未来を夢想されるのであった。しかし当の桜李様はその頃より、陸夜様だけをお心のうちに入れられ、どのような時もその後を追いかけなさって、陸夜様の振り返り、桜李様を抱きかかえられると、それだけでご満足、ご満悦、そうした表情を見せられていた。御親族の中には桜李様こそ当主の風格であるのに勿体なし、というようなお声を上げる方がいらっしゃったが、桜李様はそのような暴言をしたり顔で眺めやっては、その麗美なるお顔を大いにくしゃりと歪めて嘲笑されるのである。

「あいつらはてんで分かってないいんだ。陸夜こそ当主の器だ」

なあ、と桜李様は当の本人にそのようなことを仰るので、そのたび陸夜様は、曖昧に微笑まれては答えるのであった。

「そうかな。そうとは思えないけどね」

　里木様の生命の主が密花様であったように、桜李様もまた陸夜様を主として信望されていたが、それは里木様のように忠実で柔らかな情によっているのではなく、頑なで確固とした信条によるのであった。それは元々は無邪気奔放なご母堂である里木様が、陸夜様を自らの一等の宝物として愛寵されるのを倣ってのものであったのが、桜李様の成長するにしたがって御本人の揺るぎない信仰と相成ったものである。

　桜李様は自らの美しさについて、他がそれを持たぬは至極当然の、自らが特別であり持たぬものに咎はないと申され、事実そのような態度をお取りになることもあるが、ほとんどの場合には、ごく自然と高い位置から有象を見下ろしお過ごしになるのであった。しかれどもただひとり、陸夜様にだけはごく近くから、対等に、まっすぐ目をお向けになり、ある時などは誇らしく見上げて、お話しなさるのだった。

「なあ、陸夜、今夜も狩りに行くだろう？」

　まだ声帯にあどけなさを残された桜李様は、ある日の夕方お近く、陸夜様のお部屋のドアーをお叩きになることなく開け放し、気ままに内へ入ってきてはベッドの上に駆け座られ、そのように仰った。甘い色の大きな瞳はいつでもうるりと輝いておられる。

「なんだ、ユーもいたのか。どうしたんだ？」

「ええ、ええ。本日はご挨拶がございましたので」

「ああ、あれか」

わたくしの言葉は桜李様のお心のうちの、黒いものを排出する効果を持っていたようであり、小さく魔的に整いなすったお顔のつと歪み、お昼間に陽光に照らしましたため芳しい光の匂いを纏っている陸夜様のベッドのシーツの上で、両のおみ足をばたばたと泳がせなさった。

「なんだって陸夜が謝る必要があるんだ？　悪いのはあの木偶（でく）の親父だろ」

桃色の頬をやや薔薇色に上気させ、桜李様が悪態をお吐きになる。陸夜様は黒曜のカフリンクスをお外しになってわたくしにお渡しになり、桜李様に軽く微笑まれた。

「自分の伯父のことをそんな風に言うものじゃないよ」

「伯父だって？」

は、と桜李様は鼻で笑われて、中空の幻を相手に舌をお出しになり、心底忌々しげに目を細められた。

「僕にとっては伯父という以前に陸夜の父親だ。陸夜がどう思っているのかはしらないけどさ」

「もちろん、俺にとっても父親だ。というか、それ以外にないね」

「じゃあ、もっと怒るべきだ。なんであんなやつのために、陸夜が有象無象に謝りにいかなきゃならないんだ？」

陸夜様のお父上であられる覺様は、亡き密花様のお相手にと真治様がそこかしこ、あらゆる場所をお探しになり、やっと見つけられた婿殿であった。密花様のやや夢見心地の気質をご心配なさって、その見識の広さ、お言葉の巧みさ、頭脳の明晰さを買われ、御一族の一員になられたのである。密花様のご存命中はまさにそれらのご気質を存分にお使いになり、真心を込めてお体の悪い密花様をお支えになり、そのお隠れになってからは御一族の不得意な外部社会への連絡役として、実に立派な働きをなさっておられたが、この度、御一族のいくつかの家宝や金品をお持ち出しになり、どこぞへ出奔され、杳として行方の知れぬようにおなりであった。

「それこそ、血の責任というものじゃないか？」

軽くそうおっしゃり、陸夜様はわたくしに夜色のネクタイをお渡しになった。こちらは覺様の一等お気に召して、それゆえ一度もおつけにならず飾っておられた一品である。不思議なことに、覺様はこれだけはお持ち出しになられなかった。

「お前だってよく言ってるじゃないか、血の重みだとか、血統だとか。そういったものは、良いことばかりをもたらすものじゃないだろう？」

「あいつにはうちの血が流れてないじゃないか。責任なんてないよ」

口を尖らせまた足をばたばたとお動かしになる桜李様を、陸夜様はいつもの甘く緩やかな眼差しでもって眺めやり、目尻を一度柔らかく垂らすと、元の位置にお戻しになってから仰った。

「ところが、俺には流れてるんだな。その血が」

軽く口笛をひとつ。そうして桜李様に向け片目をぱちんと瞑り、お笑いになった。それは覺様のよくなさっていたことである。

「やめろよ。似合わないよ」

この度出奔された覺様は、お言葉巧みに幼きころの桜李様をお騙しになり、その度に桜李様はお目をくるくる、望まぬ頭脳労働に駆り出され、ときには飛び跳ね、駆け回り、さまざまなる難事に見舞われたため、もとより覺様へは多少の反抗心を持っておいでなのであった。しかし文句を言い言い、どのような事柄にも立ち向かわれる様子を気に入ってらしたのか、覺様はよくよく桜李様をおかまいなさっていたように見受けられる。そのように桜李様には砕けた軽い調子でお接しになっていたが、一方で、御子息である陸夜様に対してはむしろ慇懃丁寧な振る舞いをなさっており、今にして思えば覺様は、この家の習いに倣って、陸夜様を次期の当主として敬い遊ばされていたのかもしれない。しかししかし、この御家をお出でになったきらめきの朝、覺様はわたくしにこのようなことをお言いつけになったのである。

「ゆう君、もし陸夜が望むのならばこれを」

細やかな刺繡の施されたちいさなカードには、何も描かれてはいなかったが、悪戯好きの覺様が施された仕掛けがなされている様子。

「僕の力不足だ。崩すにはあまりにも強大すぎる家だった。歴史というのはまぁ、長いというだけで、たったそれだけの事実で、なんでもないことも、とんでもないことも常識にさせるものだね」

そうして、ぱちんの瞳を瞑られ。

「ゆう君はその要だ」

解析に時間がかかり、わたくしはそのお言葉に返すものを取り出すことができなかった。しかし敵対を感じることはできず、覺様のすらりと器用な指先はわたくしがポチにするようにわたくしの頭部を撫ぜ、こちらが何をするでもないのに、うんうん、と納得されたようにして、陸夜様にほんの少し似た口元で微笑みなさるのだった。

「僕の息子が幸福であるのならばそれでよし。けれどももし望むのならば、たった一人の航路を作るくらいならば僕にも出来るんだ。わかるかい？　君の情念が頼りだよ」

じょうねん、上念、常念、条年。わたくしはまだそのとき目覚めたばかりであり、混雑により、やはり、そのお言葉の実を摑むことができず、ただ、やはりやはり、敵対の感じられなかったため、賜り物は傷がつかぬように保管し、平生と同じく覺様をお世話申し上げ、お外へ送り出したのであった。

陸夜様はシャツのボタンにぽつぽつと手をかけながら、桜李様に微笑まれている。

「わかったわかった。心配してくれてるんだろう？　お前が怒ってくれるんで、俺は怒らなくて済むから楽だ」

桜李様はもごもごとお口を動かしになって、なにやら反論申し上げたい様子であったが、何も出てこずに、やはりばたばたと足を泳がせなさるのだった。

「ところで、これから湯浴みの準備をするけれど、このまま見ていたい？」

ばさりとシャツをお脱ぎになって陸夜様が申されると、桜李様は桃色に落ち着かれていた頰の色を薔薇色にまた戻し、ベッドから急いでお降りになった。

「狩りには行くだろ？」

「仰せのままに。お伴させてもらうよ」

ふん、と満足そうに鼻を鳴らし、桜李様はお部屋から出ていかれた。重厚なドアーの閉まる音を聞くと、陸夜様はまだ微笑みの残る顔をこちらにつと向けられる。

「ねえ、ユゥー。お父様はなぜ、この家に入ってきたんだろう」

下穿きをお脱ぎになり、陸夜様は体のあちこちを点検されはじめた。いつでもそのように、何がしかの発見を期待して、あるいは恐れて？　自らのお体を眺めなさるのであった。わたくしは語る言葉を持たないため、お部屋の湯殿の上にエーリカのお花を下向きに吊るし、ご準備申し上げた。これは覺様のお言いつけであり、もはやこのようなことを守る必要はないのかもしれず、しかし陸夜様が中止をお申し出にならないので、そのまま、そのまま。

「出ていったことより、入ってきたことの方が不思議なんだよ、俺は」

ちいさな花びらがぱらぱらと湯の中へ落ちるのを眺められながら、また陸夜様の仰る。

「あの人は、何をしにこの家に入ってきたんだろう」

湯けむりにほのほの包まれ、陸夜様の薄い褐色の肌色は遠くおなりになり。

「覺様はさまざまなものをお持ちになって出掛けられました」

わたくしが申し上げると、陸夜様はまっすぐにその瞳を向けられ、首を傾げられた。

「それは目眩ましじゃないかな？　お父様は人の目を欺くのが好きだった」

陸夜様のお体にはなんらの変化もなし、しかし、その御心までは表層へは出現せぬもの、御羊の御角のごとく、出現せぬまでわからぬもの。

「陸夜様がお望みであればと」

覺様の託されたカードは常に携帯申し上げていますれば、差し上げたく思い取り出しましたけれども、わたくしの指の腹の濡れによって、ややたわみ、ややゆるみ、しかしお強い紙でありますれば、そのようなものはすぐに取り払われると思われ。

「ああ、大丈夫だよ、ユゥー」

差し上げたカードよりもわたくしに目をお向けになって、陸夜様はお湯のけむりの中よりこちらへ歩み寄り、わたくしの肩に手をおきなする。

「君には責任がない。なにも思うことはない」

「おもう」

「うんうん。思わなくていい」

「思わなくていい」

やや混雑の気配、湯殿の湯けむりの気泡がどこかに、体に入り込み、悪さをしているのかもしれず、調整が必要であると申し上げれば、陸夜様は微笑みなすって、わたくしの頭を撫ぜた。

「一度眠るといいかもしれない。あとで声をかけるよ。それは——鏡台の上にでも置いておいて」

お言いつけの通り、覺様の刺繡のカードは鏡台の上。それはお部屋のやや暗がりにある、密花様の御形見の鏡台。重厚で頑強な建材の上にあれば、ひらりの一枚紙など小さき存在であり、しかし色味が白いゆえやや目立ち、やや浮いてそこにあるよう。しかし、陸夜様はそれをお手に取らなかったような気配があった。一日過ぎ、三日過ぎ、一年を過ぎてもそれはそのまま、ほんの少しもずれた様子なく、ただあり、ただあり、ただあり。その形のまま、時の過ぎて、ある日の正午過ぎ、里木様ご懐妊のお知らせが届いた。

お二人はいつものように狩りにお出かけになっていた。

「なあ桜李、お前はどちらだと思う？」

陸夜様は兎狩りより鴨狩をお好みであるが、桜李様は鴨狩よりも兎狩りをお好みであった。鴨はぱたりと兎はひくひく死んでいく。お二人はそれぞれそのような死をお望みである。鴨はぱたりと兎はひくひく。しかしここ昨今は、このほどは、桜李様のお好みに沿って、陸夜様は兎狩りを積極的にお選びになる。いずれ、飛ぶ鳥があればお二人ともお撃ちになられるのではあるが。

「どっちって？」

桜李様は里木様ご懐妊の報を受け弾むようにお話しになるようになり、この度の猟銃はほとんどの間、空を向き背中に張り付いていたが、平生のように苛立ちにはならず、背の高い枯れ薄（すすき）の間をずんずんとお進みになる。本日は、獣共の神憑り（かみがかり）の日であるのかもしれず、お二人の動きはすべて読み通されている様子。ポチの時間を持て余し、わたくしの衣服の裾を嗅ぎに来てはふんすふんすと息を吐く。陸夜様はいつもどおりの鷹揚なお話しぶりで、桜李様のお背中をお眺めになった。

「男の子か女の子か」

「こどものこと？」

振り返りなすった桜李様のお顔の上でお口は上向き。陸夜様はそれを確認されながら、何かを思っているような、いないような。

「どっちでもいいよ。男の子でも女の子でも」

桜李様はさっぱりとそう仰って、また前を向きなすった。

「でも女の子だったら一緒に狩りはできないな」

そんなことはないだろう、という陸夜様のお言葉を、桜李様は鼻でお笑いなさった。

「馬鹿だなあ陸夜は。女の子が狩りなんてするわけないじゃないか」

桜李様は世の中に回数の多い物事があれば、それを絶対の決まりごとと捉える性質のあり、そのような決まりごとを真っ直ぐに、強くお守りになろうとするのであった。陸夜様は曖昧に、何事かを思うようなお顔をされていらっしゃったが、ふと遠くに兎を見つけられたようで、猟銃をお構えになった。

そうしてそのその兎の動きを片目でご覧になりながら、ふとこのようなことを仰る。

「男児だったら御羊になるぞ」

桜李様はやはりお笑いになっている。

「当たり前じゃないか」

銃声の鳴って、遠く兎は斃れたる。ポチの喜び勇んで走り抜け、茶色いでっぷりとした獣の首根っこを大きな口でひと咥え、タッタタッタの音を立て戻り来る。わたくしはまだ動いているその獲物の両足を摑み逆さにし、まずはポチへ褒美の骨を。その大いなる尾っぽの左右に振り乱したるをしばし眺めてから、半矢の野兎の頭を叩き気絶させ、解体のための処理をし申し上げた。桜李様は駆け寄ってきてわたくしの仕事をお眺めになる。その肛門より刃を入れれば、血のどくどくと流れ、野兎は死にゆかれるのであるが、桜李様はそのいっときいっときを凝視され、時にはその場で皮を剝いで見せよとお申し出になることもあり、しかし本日は、ただひくひくの獣を好奇の目でお眺めになるだけであった。

「お前は本当にそれが好きだね」

陸夜様のお言葉に、桜李様はどことなく誇らしげに、頷かれるのである。

「うん。些細な生き物が死ぬのは面白いよ」

このような日々の上、遊矢様が御羊になられた。

遊矢様はお二人の曾祖父にあたられる。お一人で眠られるのが大変にお嫌いな方で、ポチやタマや、時には御一族のどなたかをお部屋に招き入れお眠りになるのであるが、その夜、ご招待されていたのは桜李様であった。桜李様はよくよく遊矢様に懐かれており、共寝の明ければその夜のことを弾むようにして、陸夜様やわたくしにお話しになること度々であった。けれどもその翌の朝、遊矢様のお部屋から漏れ出たのは、桜李様の短いお叫びの声。急ぎお部屋へ参れば、二つ並んだ寝具の上の片方にこんもりのお布団が聳え、御羊の鼻先がちょこんとお出になっている。

「じいじさま?」

御羊を眺めやる桜李様の呼吸にはやや乱れのあり、瞳孔もややお開きぎみ、平常のご様子ではあられないのが確認できた。桜李様が御羊をご覧になりますのは初めてのことであるので、そのような事情によるのかもしれないと、朝の、まだ遅い、わたくしの頭は解析した。その呼吸の乱れは、時とともに早まり、これはこれは何事か処置申し上げねばならぬやも、と頭と体の回転を早めようとすれば、さっと部屋に入られました陸夜様が、桜李様のお背中を撫で申し上げ、正しく柔らかく、お声をお掛けになった。

「桜李、どうした」

「くびが」

そう声を上げられたかと思うと、桜李様はひっと大きく息をお吸いになったきり、陸夜様の腕の中で目を閉じられた。急ぎ医処へ駆け込み奥医師に診せましたけれども、お身体には異常なし、しばらく地面と水平になり、ご安全にしていればよろしいとのこと。陸夜様がそばに付き添われると仰せなので、わたくしは式の準備に専念、恙無く御羊の御殿へのお宅入を済ませ、青草をたんまりと差し上げているところ、陸夜様がやってこられた。

「桜李はもう元気だよ」

そう言って御羊をお眺めになると、奇妙に首を傾けられた。それは御殿の中の御羊の、五百五十七秒に一回行っている首の傾けと同じ様子のものである。

「癖というのは、御羊になっても変わらないものだね」

首を傾けなさるのは遊矢様の晩年になりましてから、その御身体からよくよくお出になった行為である。御羊になれば人型の時分に頻繁になさっていた行為は、行うのに困難を伴うため、外に表現されることはなくなる。しかし遊矢様の場合には比較的その表現が安易であるようで、やや人型の時分とは角度が異なるが、そのような首の動きを定期的になさっていた。陸夜様はそのまま物を言わず、ときどき御羊と同じように首をお傾けになっては、ただただ、そのお姿を見て、見て、また、見ていらっしたのであった。

翌々日の晩餐には、桜李様の闊達な、しかしまだ少し平常とは様子の異なる声のあり、その可憐な小さなお口の中に、御羊肉のひとひらを詰め込まれながら仰るのであって。

「これで僕も一人前だ」

しかし桜李様は御羊の解体を見学されなかった。狩りでの些細な生き物の解体の際には、たびたび御羊の解体にもご招待申し上げると御約束をしておりましたので、解体の前にお声を掛けましたけれども、お部屋からはお返事はなく、わたくしは御約束を守ることができなかった。されどそのような機会はまたいつでも来ますれば、次の機会にと。

真都様がお生まれになると、桜李様のお喜びは実に大きく強く、特別にはその女児であることに、大変心を動かされているご様子であった。産後の里木様の手を握り、感謝申し上げ、お生まれになった真都様のことはお姫様とお呼びになって、どこへゆくにも、何をするにも気にかけられ、その幸福をお守りするのが男である自らの務めと、以前にもまして強固に、その役割を全うされようとしてあった。

そのような御姿や行為を見ますたびに陸夜様は眉を下げられ、

「そんなに気負う必要はないよ。お前はそのままで」

そのお言葉は、桜李様の頭の上を通られ、ただただ、ひとつの方向へ過ぎていくようであった。一方で陸夜様は、正式に御一族の次期当主として顔見世式に参加されるまであと僅か、それまでの日々を存分にお楽しみになりたいとご所望で、より一層、桜李様そして真都様との時間を優先するつもりであると、わたくしをお部屋に招き入れてお申し出になったのであった。

鏡台のカードは動かされていた。

「なあ、ユゥー。俺は自分のことはどうでもいいんだ」

エーリカのほの甘い香りをまだ体にまとわせて、陸夜様はお世話をするわたくしを見ず、空気のうちをご覧になっておられた。その肌はやや浅黒く張りのあり、里木様に似て、一箇所にはまったく同じような場所に黒子のついていている。そうして陸夜様は独白された。

「きっと君は歴史書には書かないだろう。うん。うん――でも知っておいてもらいたいんだ。あのね、お父様は俺に外への道を示していなくなったんだ。わかっているだろうけれど、俺はそんなものには興味がない。たぶん、不感症なんだろうな。なにも、ほんの少しも思わない。怖いとか、嫌だとか、あるいは誇らしいとか、なにもね。それはそれで、問題だとは思うけれど」

陸夜様のその瞳はしかし、やや、密花様に似ており、このことはけれど本当は、しかしではなく、正統なことである。陸夜様は、密花様のお子であるゆえ。

「里木さんは俺を愛してくれている。母がいなくなっても、父がいなくなっても、なにも変わらない。いつも俺を笑わせて、あたたかい気持ちでいさせてくれる。でも、俺にはそれに返せるものがなにもないんだ。だからせめてあの人の側にいて、この家の人間としての生をまっとうしたいと思う。それが出来ることが嬉しいし、なによりその先で、君に捌かれるのが楽しみなんだ。不感症というより、被虐を好んでいるだけなのかもしれない。一体誰の血なんだか」

陸夜様は軽く笑われるが、その軽さ、軽妙さは、御一族の中でもあまり、頻繁にはお目にかかったことのない性質であるように思われる。兎にも角にも、陸夜様の御心は凪いでおり、わたくしの頭はそれをよき傾向であると測定した。安堵、安堵、というべき事態であろう。しかし、ああ、しかし、陸夜様はつとわたくしを強い眼差しでもって、射られたのである。

「俺は黒い羊だ」

エーリカの香りはもはや陸夜様の御身体に同化してあるようであった。

「お母様は、俺を産んだから死んだ。里木さんは、本当は俺でなくてお母様に生きていて欲しかったんだ。言葉にはしないし、そんなことは考えもしていないだろうけど、俺はそう思って生きてきた。お父様だって最初から最後までこの家ではよそ者だったし、俺に対してもずっとどこか他人行儀だった。そうして結局、外へ帰っていってしまった。俺はこの家に生まれて、この家で育って、この家の人間なのに、生まれたときからまったくそんな気はしなかったよ。ぽつんとひとりで、急に存在しはじめたような気がしていた。誰にも望まれず、誰にも認められずに」

その節のある指先はそっと密花様の鏡台の上に伸び、覺様の残された細かな刺繍のカードの角に伸び、触れ、持ち上げ、くるりと弄びになった。

「誰かに求められるということが、ひとりで生まれたものにとって、どれだけの救いになるか、君にはわかる?」

今やカードには文字が浮かび、それは安堵とは反対のもの、そのようなものであると、推察される。恐れ、警告、そのようなものが、わたくしの計算には表れている。くるくると弄ばれるカードの、細やかな刺繍の、その糸のひとつが千切れている。

「君はこれを燃やしてしまわなかったね。それが何を示すのか、どのようなことを意味するのか、ずっと考えていたんだ。君はすべてを隠すことができる。しかも比較的容易に。そうしなかったというのは、つまり、はぐれものの羊が一匹外に出て行くくらい、この家にとっては大したことではない、という判断だと思うんだよ」

わたくしは、何かを申し上げなければならなかった。しかしエラーの起きて、わたくしの体は寝具に向き、それを整えはじめた。皺の波を手のひらで押し、真白の布を作り出す作業をした。陸夜様はかすかに笑われたようだった。

「大丈夫。言っただろう？　俺は変わらずここにいるつもりだよ。あの子さえ外に逃がせればそれでいいいんだ。あれは、真面目で頑なで、ああ見えて気が弱いからね。本当はいろんなことが怖くて、逃げたくて仕方ないんだ。だから俺は、君にあいつを捌かせたくない。自然に、ゆるやかに死んでいける道を示したい。それだけだ。俺の言っていることがわかるよね？」

シーツの皺のまったくなくなったので陸夜様のお顔を見れば、そのお顔の上には微笑みはなく、ただ冷えている。確固とした、揺るぎのない、意思が体を持ってそこに立っている。甘い匂いは微かで怪しく、秘密という形を持ったようである。

「ユゥー。誰にも言っちゃだめだよ」

陸夜様は、覺様のぱちんの瞳をすでにご自分のものとされているのであった。わたくしは秘密を命じられた。それが遂行されるべき秘密であるかどうか、決定を下すのに、やや長い解析を要した。悪い事態のひとつめ、あるいはふたつめが起こりましても、まだ御一族には真都様がおられる。ゆくゆくの時には、その御子息も御年になられる。今までも、そのようなことは、何度もあり、何度もあり。

「ええ、ええ。陸夜様」

そうして皆さまは幸福に暮らされた。陸夜様と桜李様と真都様、また時には里木様も加わって、みなさまでよくお遊びになった。明るい部屋。明るい調度品。出窓から風のそよぎ、テーブルクロスはいつも空色。真都様の懸命にお作りになったアップルパイの芳香は、みなさまにいつでも真実の微笑みを与えられる。明るい部屋。明るい調度品。出窓からの風。アップルパイの芳香。そのようなものの、日々の、繰り返し。

その明るい日々の夜を、陸夜様は千舷(せんげん)様のお部屋の中ですごされていた。千舷様は陸夜様の高祖父、広く奇術をお得意とされておりお部屋には様々な道具が残されている。覺様はそのお部屋の鍵をこそ陸夜様に残されたのである。本来はこうしたお部屋もお片付け申し上げるのであるが、千舷様は奇術部屋の奥にダンゴムシの帝国をお作りになっていた。そうした生命を取り除くのはよろしくないことゆえ、維持をし申し上げていたのである。奥の間のお部屋の枠内はまったき帝国、彼らの世界は完結して、続き、続き、いつまでも続くよう。その湿り気を帯びた小さき生命の枠の横で、陸夜様は奇術のご研究をされた。あまりにご熱心で寝食をお忘れになり、お夜食をお持ちしましても、またすぐに上の空に戻られてしまう。そうして時々、空の上から一言二言、なにか申されることのあり。

「ユゥー。つまりね、枠内の幸福と、枠外の幸福があるんだ」

「ええ――ええ」

「超える自由はあるべきだ。もちろん、秘密でね」

密事は守られるべきであり、わたくしはそのようにした。けれども、陸夜様のやや深くなりたる目の下のくぼみや、白目に走るつらつらの細赤い蛇、なによりお楽しみの夜のお二人での語らいの時間の度々の割愛がありましたゆえに、桜李様はそのことにお気づきになったのである。わたくしの後を追いかけなすって、密事の部屋を発見された桜李様は、どのような手順でもってかは解析不能であるが、その内側をすべて検分なすって、陸夜様のご研究の書物も、すみずみまで、目をお通しになったとみえ、ある夜半、大変にお顔を歪ませて、千舷様のお部屋に飛び込んでいらっしゃったのだった。

「陸夜！　お前はなんだって、そんな馬鹿なことをしてるんだ。どうして外へ逃げようなんて」

ふるふると小さくその御身体は震え、全身に血の駆け、巡り巡るのが外側から見えるようであった。

「それでもこの家の男か？　恥ずかしいと思わないのか」

桜李様と相反し、陸夜様は大変落ち着かれており、このようなことが起きることを予見されていたようであった。

「恥ずかしくないよ」

その声は澄み渡り、強く、どこまでも届くよう。

「桜李、それは恥ずかしいことじゃない」

お次の声は、溶けなさるように柔らかくあたたかく、平生、桜李様へお向けになっている眼差しと同じく、そのお心の深く深く底の見えぬほどの深い場所から湧き上がる情愛の念がお声となって、ほろほろと溢れていくのが見えるようであった。

「全然、おかしいことじゃないよ」

ああ、何度、何度わたくしはこの慈しみの声を聞いたであろうか。陸夜様は、桜李様がお生まれになったそのとき、まだ幼くほんの少しお言葉を喋るだけであったのに、その赤子のふくふくの頬にそっと手を伸ばされ、このお声で、そのお名前をお呼びになったのだ。そうして今、そのお声の行く先で、桜李様のうるりの瞳は、陸夜様を真っ直ぐにお捉えになって、ぢっとお覗きになって、そうして夜の、暗き部屋の内側で、たった一度の瞬きが、ほんの一度の瞬きが、すべてをくるりと反転させたのであった。

「僕の、ためか」

その御身体の中を駆け巡り、暴れまわっていた血の龍の疾く引いてゆき、残された淋しい体の内から、か弱く、か細く、ほんのわずかな震えがお外へ漏れておいでになっていた。

「僕のために？」

陸夜様は、なにも仰らなかった。ただ少し桜李様へ歩み寄られ、その体に触れようとされた。しかしそれは叶わず、桜李様は体をお引きになってつと厳しい目を作られ、そのお瞳から、ついにうるりが雫となってあふれ、あふれ、あふれ。

「ひとりで外に出ろっていうのか。僕ひとりで、陸夜を残して？」

桜李様はこぼれる雫をお隠しになることなく、陸夜様をお睨みになっていた。

「それで僕が幸せになると思うのか」

陸夜様の落ち着き払ったお顔がやっと崩れ、何事か申し上げようとされた時には、すでに桜李様はお部屋を出ていかれていた。扉の閉まり、お部屋には蠟燭のゆるい熱のみが残り、揺れて、揺れて、あった。陸夜様は長い間、そこに立っておられたが、しばらくすると机の前へ戻られ、ご研究に戻られたのだった。

これがお二人の最後の夜のお話し合いである。

陸夜様も、桜李様も、そのようなことは、ほんの少しも予見されておられなかったであろう。陸夜様は夜毎のお籠(こも)りを続けられ、桜李様は御家のお決まりごとを以前より頑なにお守りになった。しかし、そうした二つの相反は、いつか溶け合いなすってまた一つになるだろうと、おそらくはお二人自身が思われていたのである。

　ある熱病が御一族の皆々様を襲ったのは、早朝に春めいて、宵には晩夏の嵐が大鳴りとなったころのこと。みなみなさま肌の燃えるように熱くおなりになり、かつまた寒さに震え、睡蓮の根の沈む泥から湧き上がる気泡の如く、どろどろとした咳をお出しになるようになり、幻覚幻聴に惑わされる方もしばしば、その中でただ唯一、真都様だけはその禍を免れられておられたのであった。

　真都様はあれだけ仲睦まじかった陸夜様と桜李様が反目なすっていることを、お悲しみ遊ばしている最中であり、ご自分のみがその熱病より逃れられたことをもまた、罪深く思っていらっしゃる様子であった。

「ゆう。ねえ、どうしよう。一人で立っているなんて恐ろしいわ」

　そう仰りながらも、真都様はわたくしについてこられ、懸命に御一族の皆様のお世話をされた。そうして、窓硝子を走る光の家守のまぼろしを、よろめき追いかけなすっていた里木様をようよう自室へ送り届けたとき、廊下の向こうから奥医師が、枯れ葉の突風にながされるようなぐねぐね、ひょろひょろ、そういったもののあわいの足取りで、どうやら走ってこちらへ向かって来ているようであった。気付かれた真都様が走り寄られる。

「どうしたのです、あら、まあ、濡れているわ」

「よ、よよよ」

奥医師は使命感強く、自らも熱に踊りながら、別邸の陸夜様、桜李様の様子を見に行かれ、ただいま帰ってきたところであるらしい。

「とても危険です。坊っちゃんがたが一等重症でございます」

奥医師の見立てによれば、若くあればあるほどこの病は命に近づくとのこと。一報を受けまず真都様が別棟に走り、わたくしと奥医師はさまざまなご用意をしてから追った。陸夜様はその春に次期当主として正式に迎えられたばかり、数日後に別邸から移居されるご予定であった。真都様はそのお二人の寝台を行ったり来たり。おふたりともお肌の赤く、ほとんど燃えてしまうような熱をもっておられた。奥医師が解熱の処置をほどこしたが、もはや効力があるのかはまったくの未知とのことであったが、やや時の経って、桜李様の御身体の炎は徐々に勢いをゆるめはじめたようであった。一方で、陸夜様の御身体は寧ろ、猛火にその身を捧げるが如く、燃えてあるのであった。

「陸夜兄さま、しっかりなさって」

真都様の呼びかけにもお答えはなく、ただはふはふとした息と、汗と、震えが続いた。額を冷やす氷もすぐに溶け、幾度も幾度も替えるので、真都様の指先は赤くおなりになった。長い夜であった。とても長い夜であった。そうして、しらしらの、朝日の見えようとするその手前、真都様のお疲れになって鏡台に上体をお預けになってしばらくのこと、はたと、陸夜様は目をお開きになった。

「ユゥー。御殿を作ってくれ」

はっきりと意思固く陸夜様は仰られた。

「設計図は机の上だ」

「ええ、ええ」

いそぎ千舷様のお部屋に入れば、精密な製図の一つ。それを取り込み、外へ出れば狂飆（きょうひょう）のうなりに足裏の大地から離れんばかり、荷台の飛んでしまうので、トロッコに伐採道具をくりつけ、急ぎ急ぎ、白樺の群生地へと進む。森の入り口の真治様の燻製小屋は屋根の剥がれてばたばたと大騒ぎをしている。果敢な野うさぎの遠くで駆けており、その他の獣どもはみなどこかへ隠れおる。白樺に登れば風の思うまま大きくしなり、計算よりも時間がかかるようだった。急ぎ急ぎその場で材木を切りそろえ、トロッコは二台、急ぎ急ぎ若木の下へ運びこむ。設計図にはそこかしこに覺様の影響がお見えになる。精密と遊びのあいまを飛び越え飛び越え運動をし時折冷ややかな冴えた一徹。けれども、その軽妙可憐な意匠の他に突飛なものはなし、巧緻で頑丈、洒脱に古典の趣を合わせたものであり、ただただ、完璧に堅牢な檻である。

遠くで見えぬ日の完全に沈みゆき、若木は裏淋しき暗い風に揺れに揺れ、葉どもの掠れ音に、枝々の震える音ども。風よけを作り洋灯を十七個、木材を組み削り装飾を施していると、目を覚ました夜の獣の遠くから揺れる炎を眺める気配、土と湿り腐った生き物たちの匂い、遠吠え？　あるいはそれは、狩りで屠られた野兎どもの仲間たち、野犬の走りまわる、土と木々の音、水に濡れて、よよ、やや、混線、混雑を感ずるようである、雨風、それはすこしどうも、あまりよくないものであるよう。これは想定の外、計算の足りぬことであった、けれどもこれ、この御殿はすばらしい、生材のにおいかすかに香り、入ればでられぬ、堅牢、堅牢。夜のあけて、日ののぼり、わるい風はすぎさり、晴れ、まったく晴天、空は白青くとおくかなたまで、ひらけている。とおく、とおく。

「ゆう!」

お声にふりむけば、真都様のよろりよろりとこちらへお歩みになっている。そのお指は、震えなすって。

「陸夜兄様が、御羊に」

儀式は速やかに遂行されねばならなかった。御一族は未だ、熱病の只中であるが、奥医師の迅速賢明な処置により、数日もすれば回復の見込み。であるから今は、健康でいらっしゃる真都様へ御羊肉をご用意することがわたくしのなすべきこと。陸夜様は望まれた。わたくしに捌かれることを望まれていた。それを遂行せねばならない。急ぎ宅入をすませ、真都様はその横で陸夜様のための首飾りを作られ、最後の仕上げだけはと、里木様の元へ駆けて行かれた。里木様は夢幻のその中で、たびたび陸夜様のお名前をお呼びになっている。夜のまた空から降りてきたとき、わたくしは桜李様がお呼びであるとのことでそのお部屋へ参った。麗しきそのお肌は熱病によりまったき薔薇色に染まり、ほのほの、燃えているようでもあり。

「陸夜は? 陸夜に会わせて」

わたくしは桜李様の肩を抱き、どうにかして御殿にお連れした。長い廊下は薄暗くある。この道を、かつてのお二人は幾度行き来したであろうか。狩りのお誘いのため、夜毎のお話し合いのため、あるいはただそのお顔を見に行かれるためだけに。お二人はこの長い廊下を行き来された。もはや今では、ただ一人、よろよろと足取り悪く、しかし二本の足で、桜李様はその道を進む。外へ出ると風の吹き、ほの涼しいような気配。御殿は実に立派に、遠目でも、その堅牢さがわかるよう。

ふと、桜李様が声をお上げになった。わたくしはその先にいる御羊を観測した。堅牢なる、御殿の檻の、その外に。

「陸夜？」

「陸夜！」

御羊はこちらを眺められている。御殿には入口はない。それゆえに、出口もない。坂をお作り遊ばして、それをお登りになり御羊は宅入された。そうしてのち、設計図の走り書きの通りわたくしが坂を取り払った。であるからして、このような事態は、起こるはずもなく。

しかし今、御羊は御殿の外にいて、桜李様を見ておられ、ふとその片方の瞳を閉じられた。ゆっくりとして、ぱちんの音はなし。御羊の体で一つの瞳は閉じられず、けれども、陸夜様は駆けられた。お外へ、森の向こうへ、駆け、遠く、抜けて。わたくしの頭が、ある日のそのお言葉を自動に再生する。

「一緒に行こうと言えばよかったのかもしれない。一人じゃなく、二人でさ。俺たちだけのためじゃなく、これからも続く、一族の異端の者たちのためにも」

ユゥー、とその声が。

「もしその時が来たら、桜李に伝えて」

わたくしは、そのお言葉の意味を理解していなかった。

「待ってるって」

陸夜様は、その時、という言葉の定義をなされなかった。定義されぬものをわたくしは行えない。

だからわたくしは、永遠にその時を待ち続けている。その時が、いつであるのか、わたくしには、命令がなされなかったゆえ。

「陸夜お兄さまは、いったいどうやってあの御殿から抜け出したのかしら」

布の海の中からやや起き上がられて、真都様は寝台の横のテーブルの水差しに手を伸ばし、銀器に果実酒を注がれた。

「みんな私がやったのだと疑っていたけれど。でも、ねえ？　本当に私ではないのよ」

「ええ、ええ」

ほう、と一息をついて、ふたたび真都様は布の海にお沈みになった。布々の皺は思考の渦であり、数多幾多、繰り返されては広がり、縮まり、皺ばかりが増え形にはならない。真都様のお肌はほの赤く火照っていらっしゃる。氷をと申されるので、部屋の中央の観音開きの塔からいろいろの色、いろいろの光を銀器の中へ落とし込み、枕元へ持って行く。真都様はそれらをお口に入れながら、わたくしの持つ首飾りを眺められた。

「桜李兄様はどう？　もうそろそろなの？」

「ええ、真都様、ええ」

「お兄様は、御羊を食べて御羊になるために生きたような方だったわね。この家そのもの。檻そのもの。結構だわね。とても結構。たくさんの人間に囲まれて、きっと幸せでしょう」

空色の氷を噛み砕いたきり真都様は目をつぶられて布の海に沈みきってしまわれた。虎のもったりと起き上がって、退出を催促するようにあたりをくるくる練り回る。そのお口に乾いた肉をやり挨拶をして、首飾りを手に別邸を辞した。御殿にもどれば御羊のただぽつねんといて青草を食んでいる。頭部の保護を外せばお角は陽光にきらめき、てふてふと光彩はあちらそちらへ舞い遊んでいる。御羊の瞳は先刻よりも淀みがやや深くなったご様子。青草の磨り潰しもゆったりと重くおなりになり、計算に狂いなく、本日のお披露目は変わりなく遂行されるのがよろしいかと思われる。首飾りをおつけすればいよいよ御羊らしくおなりになり、巻き毛のだんだんと柔らかく、その絶命に近づいている。

桜李様はついぞ御羊の解体をご覧になられなかった。

わたくしは御約束を守れなかった。

「ああ、ここにいたのね。ユウ、お披露目の準備をしたいのだけれど」

早くに午睡からお目覚めになった日野様がそう仰りながら、御殿に近づかれ、御羊を見下ろし、微笑みなさる。

「いい気分だわ。あら、目が濁ってる」

「ええ、ええ」

「こんなによぼよぼなもの、美味しいのかしら?」

「日野様、これから若くおなりになります」

「若く? ああ、そうね。そうだったわ。一度読んだきりだから」

日野様方は廉宮様が御羊になられたときはまだ存在しておらず、歴史書からでしか御羊のことをご存知でない。ご姉弟の中でも特に日野様はそれらの歴史にご興味がうすく、ほとんど歴史書をご覧になることがなかった。御羊は角の生え、老い、老いきれば徐々にお若くなり、ついにむなしくおなりになる。角のお生えになるとそれは頂点であり、そこからお若くなる速度は、お若くなればなるほどに早く、年齢にして二つごろをすぎれば最早あと数分といったところ。そのために腹を裂くのはその年齢の二つごろをすぎたころがことによろしい。

「歴史書は読むと眠たくなるのよ。ユウに訊けばすむしね。さ、他が起きる前に着替えてしまいましょう。今日もまた祝いの髪結いね？」

「ええ、ええ」

「そして明日は弔いの結というわけ？　明日も祝いに結ってやろうかしら」

日野様のドレスはお袖のふっくらと膨らみ、お首元はぐるりと開いて暗緑の光を食みてらてらと裾の床につくような、つかないような、古く七代前の芳野(よしの)様が着られたもの。それより以後、このドレスに見合う身の丈の方はおられなかった。お帽子は白色のごく小さなもの。日野様のご準備が済むと、お次に冬弥様がやってこられた。冬弥様のお衣装は大旦那様が陸夜様の成人の儀のときに着られたもの。濃紺のジャケットに真白のジャボのふっくらと、幼さからひとつ抜け出た様がかえって初々しいようである。お次には桃子様がやってこられた。桃子様のお衣装はこのたび大旦那様が新調されたものであり、お次の式典、これは冬弥様のご成人の儀であるが、そのためにいくつか作った新しいお衣装のうちのおひとつである。鯨の骨のクリノリンに淡い桃色のスカートのふっくらと膨らみ、襞にはやや灰色がかった繊細なレースが施されている。お帽子は大きなボンネット。桃子様のご用意がすんでお三人の談笑もすっかりすんだころ、大輝様がいらっしゃった。大輝様のお衣装は大旦那様の日向様とのご成婚の儀に着られたものである。白色の燕尾のすらりと床へ伸び、お首元には黒いリボンの蝶ネクタイ。その真中には真珠のつやつやと艶めいている。御髪もすっかり整えて、お披露目の準備も整ったころ、真昼様がやってこられた。真昼様はすでに臙脂のドレスにお着替えになっており、それは日向様が真昼様のためにお作りになったものである。真昼様の礼服はそれひとつ、決して新調なさらない。どのようなお衣装もこれほど真昼様の身体に寄り添うものはないのである。

「真都様もご準備はすんだとのこと。参りましょうか」

お披露目は庭の東にある迎賓洋館で行われる。御羊をそこまで連れ出すのがお披露目に参加するご家族の務めである。薄暮の空は朱鷺の羽色と名残の空色のまじって曖昧な模様。まだ明るく而してすでに暗い空の下、先頭には真昼様と日野様、やや遅れて大輝様と手綱に引かれる御羊、その横に真都様、そこからやや遅れて冬弥様と桃子様が続かれる。凪はそよそよ、桃子様のお帽子の飾りがその形を描き、まだ影になりきらぬ人影のぽつぽつと、やや光彩の欠けてぼんやりとぽつねんぽつねん浮かぶ様はおだやかに、ご家族のお話し声が短き青草のさらさら音に交じる。

「それはそうよ。土の匂いなんてこんなもんじゃないわ」

「ちゃんと耳輪はつけたのかい？　手袋もだよ」

「ならばねむっているのかしら。背中のこけたちも？」

「もうこんな体は飽き飽きですから」

「いいか、瑠璃を飲むんだぞ。あれは舌にこないから」

「でも味はどうなのかしら。実際のところ、問題はそれよ」

「タマやポチもですわ。きっとよろこびます」

「立派な角だよ。ああ、ああ。こんな風だった。こんな風な毛並みだった、遠く森の中」

「きれいなものはそれだけでね」

「そうだね、そうだといいね」

桃子様のお言葉にうなずかれて、ふと冬弥様がこちらを振り返る。

「Uもそう思うでしょう?」

「ええ、ええ」

大旦那様のまだ人の形であったころには、このように談笑されて歩くようなことはあまりされなかった。今ではみなさまどことなく朗らかであり、春に似た心地の風景。中央にいる御羊は若さも進み青年期を迎え、お披露目には申し分のない姿形である。洋館につけば来賓のみなさまの色とりどり、御家族でホールを回遊してのご挨拶がはじまった。洋館の木材の仮漆は御羊の角と同じ色艶、コツコツのお足音もそこかしこからして目まぐるしい。みなさま時おり壇上を眺め、青草を食む御羊にひとことふたこと申されて、大旦那様のいかに立派な御仁であったかと思い出話をはじめられる。御家族の皆様はおのおのご立派にご来賓のお相手をされ、てふてふとホールを飛び回る。どこにおられても御家族の色彩は天球の星のごとく、すぐに位置のお分かりになる。ご来賓の皆々様の頬のほんのり赤くおなりになったころ、ついにお披露目の毛刈り式のはじまりとなった。御家族が壇上にあがられると、人の目のきょろりとそこへ集まって、ざわざわの声音が波打ち遠くへ消えていく。壇上の御羊はやはりまだ青草を食んでおり御自らの咀嚼の音が耳の傍で響いているために静寂には気がつかれない。毛刈り式にもちいるのは黒曜の短刀であり、まずこれを真昼様が石に打ちつけ火花をあげる。御羊は青草を食んでいる。短刀は本来であれば新たに旦那様となられる大輝様にまず手渡されるものであるが、真昼様はまず日野様に手渡された。ご来賓よりざわざわの小波が広がって消え、真昼様はややご満足のお顔、大輝様もにこやかに日野様の短刀を御羊の首元へ寄せるのを眺めておられる。日野様の骨太の指が御羊の首元の毛をひっつかみ、黒曜のきらりを羊毛の中へ、ざりざりと心地よく毛の切れる音のして、日野様の手には大きな一摑み、立派な毛の束をにぎられて、真都様の持つ朱塗りの盆にばさりと置かれる。続いてまた真昼様が火花をひとつ、今度は大輝様がゆったりと歩まれて、ゼーロンとおなじく御羊のお尻をやわらかくぬめぬめとお触りになる。御羊は青草を食んでいる。お背中を撫でながらゆっくりと大輝様は短刀を御羊の右脚の付け根へ差し入れられた。さらさらと毛の切れる音のして、やはりひとつかみの毛の束、ふわりと盛り付けるように朱塗りの盆に乗せられる。するとまたまたの真昼様の火花、冬弥様はその黒曜の石にぶつかる音にややお耳を害された様子で、右の目を何度か細くさせた。そろりそろりと近づかれると御羊がはたと顔をあげる。冬弥様の驚かれて歩みを止めると、また御羊は青草を食みはじめる。またそろりがいくつかあって、御羊の左側面へしゃがまれて、冬弥様はその左の腹部に近い場所、毛の盛り上がっているのをやさしく摑まえ、そっと素早く刃を動かした。ちりちりとわずかばかりの毛のちぎれ、朱塗りの盆に乗せられる。最後の火花は盛大に、末妹桃子様が短刀を手に取られると、壇の下よりご来賓の期待の視線の音がはたはた。お小さな一歩一歩を優雅に進まれて、桃子様は御羊の胸元をはふはふと軽くお叩きになり、すると壇の下からまた声にならぬ色めきの音が聞こえる。桃子様は御羊の左の耳をなでつけられ、その少し下方の毛をざりりとひと切り、ちいさなお手がいっぱいになるくらいの毛の束を朱塗りの盆に乗せられた。

それぞれ四つの毛の束が揃われて、最後に真昼様が短刀を再び石に打ち付けられ、大きな火花を九つ、黒曜の砕け散る音が響き渡ると、壇の下から盛大な拍手が起こり、お披露目の毛刈りの式はすっかりとすまされた。御羊は青草を食んで、年若い青年の生き急ぐごとくである。朱塗りの盆の毛の束の四つから一本、一本をよっつ手にとって四本。これをくるりと捩り小袋へ、また短刀からはじけこぼれた黒曜の破片をひとつ。これらの小袋をご来賓のみなさまにお渡しして、お披露目の式は夜半を過ぎて無事に仕舞いとなった。

御羊は御家族と共に本邸に戻られ、洋間にて最後の時を過ごされた。お久しぶりの儀式でみなみなさまお疲れのご様子。会話もまばらに、ぽつりぽつりの声の音は刻々の音が過ぎれば過ぎるほど、うつらうつらの瞼の音に取って代わる。今すこし刻々の音が続けばみなみなさまいよいよ深い眠りの中に入ろうかというところ。本来であれば今すこしのお別れのひととき、ご歓談、涙されるやらお笑いになるやら、遠い記憶を取ってこられ、硝子のテーブルに並べ、あるいは入れ替えなどをされ、中央におられる御羊のお眠りになるのを眺め、その巻き毛の向きやら膨らみやら、それぞれを観察され、時の向こうにある食卓、その饗される姿を想像などして、時の過ぎる音に耳を傾けるのであるが、この度のみなみなさまはお式に慣れていない方々である。ただ御羊だけは目の爛々として、床板へ蹄を叩きつけられたり、調度品のそれぞれに御自らの胴体をこすり合わせたりなどして、楽しまれている様子。今しばらくご自由にさせてもよかろうとも思うが、みなみなさまがまったくお眠りになってしまってはよろしくないので、夜明けを待たず、急ぎ暇乞いの儀式の準備をする。裏庭に御家族みなみなさまをお連れして、御羊もお連れして、御殿の中に乾いた青草をたんまりと入れ、砂糖の麻袋、鉄の粉の麻袋、北の果ての洞窟の鉱石を削った粉の麻袋、西の果ての火山の縁の岩石の削った粉の麻袋、またお歴々の御羊の骨の粉の麻袋を放り入れ、御殿を取り囲んだ四つの松明を放り入れ、火をつけて仕舞いである。炎は五つの色彩を持って爆ぜる。今や気候は夏の真中のぬるぬるとした風の吹いて、やや湿り気多く、炎の色彩はあまり振るわない。それでもみなみなさま夢見心地で御殿の燃え盛る景色をしっかりとご覧になり、儀式は仕舞いとなった。もはや目を開いておく理由もなく、朝日を待たずついに御羊とは別れの時となった。

まず真都様が立派なお角にお触りになり、その首元を一度抱きしめられてから、首飾りを取り外され、まだ燃え盛る御殿へ放り投げ、ほろりと一つ涙を流して辞された。お次は真昼様がそのお角をひっつかみ、鼻でお笑いになると帰っていかれる。お次の日野様はエナメルの靴の先で御羊の蹄を突かれて、やはりお角をひっつかみ、上下に振るって首が揺れるのをお楽しみになり、しばしの無言の後に帰っていかれた。大輝様はしゃがみこんで、やはりいつもの繰り返し、御羊の尻のあたりを柔らかくぬめぬめと撫でさするようにして、少しのあいだそのお顔を眺めると、日頃と寸分変わらぬ顔色で角をひと撫でされ帰っていかれる。冬弥様はおずおずとお進みになり、祈りを捧げるように御羊のお顔を左右から摑まれて頭を垂れ、顔をあげるとしばらくそのお顔を眺め、鼻筋をお撫でになりそっとお角を触られて、お次の桃子様へ順番を譲られた。桃子様はうつらうつらとされながら、まず御羊のお耳を触り、お角の根本を爪でカリカリと弾かれ、背中としっぽ、それから下腹部に手を伸ばされて睾丸を確認された。もはや眠りの中にいらっしゃるご様子の桃子様を抱き上げると、冬弥様の言う。

「Uはもう今日はずっと眠らないのだっけ?」

「ええ、晩餐の準備がありますので」

「どこで準備するの？」

「本邸の北に野外の調理場がございます」

今すこしすれば日の昇り、さすればいよいよ御羊の解体のときである。それからは仕込み続き、みなさまも晩餐までは各々お眠りになられるために、終日、外や内の調理場ですごすこととなる。冬弥様はいつもどおりに曖昧模糊の微笑みをこぼされる。

「あとで行ってもいいかな？　桃を部屋に連れて行ってから」

「ええ、ええ」

お二方とも本邸に戻られ、足元の御羊は青草を食んでいる。骨格の若々しく、その体はそろそろ四つの年齢を越えた頃と思われる。みなさまが本邸へ戻られたので、御羊を調理場へ連れていき、青草を山盛りに調理場の床に乗せ、しばし目を瞑って情報を整理した。晩餐は本日の夕方近くの夜である。

三

　御羊が青草を食む音がする。生命の出す音はいつも乱雑さが整理されている。生命の内側には常に混沌や渦や泥があり、しかし出力されるのは整理された何事かなのだ。下等とされるものであればあるほど、その行動は整理されているようである。あるいは下等であればそもそも内側の乱雑さがあまりないということかもしれない。御羊は下等と高等の中間で、乱雑さの入り混じった身体はほどよく整理され、青草を適宜に食むという行動となって現れる。しかしふいに乱雑さを思い出し、立ち止まり空を見上げ、また整理され青草を食むのである。大旦那様は、陸夜様を軽蔑されようとしていた。脱出を恥と思われた。それゆえ御羊は今しっかと調理場にいて、お逃げにならない。

「U、調子はどう？」

「ええ、冬弥様、ええ」

　冬弥様はすっかりお着替えになってヌマワニの世話をするときの鉛管服をお穿きになり、袖は腹部で結び、上半身には簡単な白い半袖を着ていらっしゃった。鉛管服の深い青みの布地は赤い血の飛び跳ねればただ黒色に映るかもしれず、それは幸運であるといえるが、上半身はその反対であるだろう。風はいまや晩夏であり、調理場は石の造りなので、ぬるいものはみな石々の肌に吸い込まれ、夏の終わっていくころの風のうち、通り過ぎるのは石の肌をまぬがれたものだけ。やや汗ばむような気色だが、通る風はかすかに冷ややかさを孕んでいる。遠くから背の伸びた芝の波音が続いて寄せて、調理場をいくつも通り過ぎていった。御羊は、やはり青草を食んでいる。

「Uにはやることがたくさんあるね」

低い洗い場を作り出す石の四角の壁の縁におすわりになって、冬弥様は御羊を眺められていた。御羊はそろそろ三つの年齢を越そうというところである。首元の毛に二連の首飾りのあとが線となって残っている。

「ええ、冬弥様。これからがわたくしの仕事でございます」

お答えすると、冬弥様は顔をこちらへお向けになり、眉をゆったりお下げになるあの微笑みをこぼされた。

「ずっと眠らないとどうなるんだろう?」

「ええ。あまりお体によくないと存じます」

「僕じゃなくて、Uがだよ」

「わたくしが」

「Uは夜のほうがなめらかだね」

「ええ、ええ」

冬弥様はまた御羊をお眺めになる作業に戻られて、なにかを考えておられるようであった。わたくしは刃物の調整をする必要があるが、このようなことは冬弥様にとってはお苦しいことかもしれず、断りを入れるべきかと思い、許可をもとめた。すると冬弥様はゆっくりとうなずかれて、やはりまた御羊を眺める作業にお戻りになった。冬弥様がこちらにいらした理由は不明である。御羊が大旦那様であったころ、冬弥様はあまり大旦那様にお近づきにはならなかった。大旦那様の声は地響きに似て、いつでも遠く離れた場所へ危機を知らせるような調子でお話しになった。そういったことは、やはり冬弥様のお耳には害であっただろうと思われる。またそのお言葉ひとつひとつ、ほろりとこぼれる言の葉の切れ端でさえも、確固として重く、強く、意思に満ちており、それがまた冬弥様のお体を圧迫していたようにも思う。しかし今、冬弥様は御羊を眺めておられる。ただ青草を食むだけのその体、瞳の中の線、きらめくお角、蹄、そういったものを全体として、まどろみに似た柔らかさで、眺めておられる。

「たくさんの決まりごとがあるね」

冬弥様は青草のおひとつを御羊のお口もとへ差し出しながら呟かれた。わたくしは砥石を金盥（かなだらい）の水につけ、その泡の数を数えていた。九十七の泡の数がちょうどよく、一〇三ではすこし多すぎるのであり、そういったことは、いえ、そういったことこそまた決まりごとであるのかもしれず、わたくしはうなずくべきと思いうなずいた。御羊は冬弥様の差し出したひとすじの青草の中腹を食んでいる。

「おじいさんは決まりごとに忠実だったでしょう？　でもぼくは考えてしまうんだよ、それが本当に必要なことなのかって。従いたくないということではなくて、必要かどうか知りたいだけだったんだけど。ねえ、Uはどう思う？　こういうことは必要？」

泡の数は瞬時に五十を越え、六十を越え、七十を超えると数が遅くなる。遅くなればゆるゆると九十七へ向かう。わたくしはそれを数えねばならぬ。

「答えられないよね。ごめんね」

冬弥様はそう呟いて、また新しい青草のひとすじを取り出し、御羊の口元へもっていく。泡の数はどんどん遅くなるが、つぎつぎに積み重なるので、九十七はいずれすぐ訪れた。刃物は五つで、まず腹を切り裂くものを研ぎ、骨を断ち切るものを研ぐ、筋を断ち切るものと、肉を切るものを二つ研ぐ。砥石は刃先が通ると薄い墨色の線を描き、引き返すと線を消す。押し引き押し引きしていると、砥石の上で線のゆらめきが繰り返される。冬弥様のお声もその線のごとく、行きつ戻りつしておられる。

「儀式はいつまで続くんだろう。ぼくが死んで、御羊になって、それを食べた子供かその兄弟か、そんな血の繫がりのある人たちが生きて、生き続けて、また御羊になったら食べられて、そういうことがずっと続いていくのかな。そういうことが続くとなにが起こるんだろう。同じことの繰り返しなのかな、それとも、ちょっとずつ違うのかな。今までどんな人たちが、どんな風にしてそれを過ごしてきたんだろう」

夜の明け始めには気配だけがみちみちて、ざわざわ騒ぎとしんしんの静寂があたりを取り囲み、空気はやや薄くなる。青草の食む音と砥石の削れる音、それと冬弥様の呼吸がだんだんと一つの現象の起こりに繫がっていくようである。いまや地平の向こうで天上へ登りゆこうとする日輪の気配が気配が、気配が。

「わたくしは式を越えることはできません」

ふいに奇妙なことがおこり、わたくしから言葉が漏れた。眠りの整理が足りぬことである。今日の真昼にエラーを起こしたことが関係しているのかもしれず、謝罪の言葉を用意しようとするが、それは冬弥様が微笑みと共にお消しになった。

「式か。そうだね。家族というのも式なのかもしれない。形とか感情とか、いいものだけじゃなくて嫌なものもみんなそこに収まるようにできているんだ。みんなでそれを作ってきた。みんなが幸せになるために作られた式だ」

それを崩さぬようにするのが私の役目である。形を崩さぬように、欠ければ補修し、崩れれば組み直し、形を保つ。あるいは解体し、新しい同じ形の別の形を作る。組み直す。同じ形を保って、続ける。御羊は解体され、別の同じような体に入り、受け継がれる。

しかし冬弥様は微笑まれるときに苦しそうである。

「でもその式に収まらないぼくは、どうしたらいいんだろう。みんなに当てはまる式が、ぼくにだけあてはまらないんだ。きっとぼくは真っ黒の御羊になるよ。それでもみんな、ぼくを食べてくれるのかな。ぼくはそんなものを食べてほしくはないけど。だけどもしだれも口にしなかったら、またぼくだけ一人になっちゃうんだろうね。ぼくは——ぼくだけがこんな風におかしいのは、ぼくがわるいのかな」

砥石の薄い泥に似た匂いが夏のにぶい空気に混じって、外側の、地平線の向こうからまさに今、日輪の昇り始めようとする気配がある。気配の中で御羊はもはや二つの年齢をすぎようとしている。冬弥様は安心を与えるようにやわらかいお声をもらした。

「Uともっと話ができたらいいのにね。歴史書は本当でないことが書かれているでしょう？　だから、どんな風だったのかなって、そのときUはどう思ったのかなって。そういうことが聞ければ、ここまで、死んでしまいそうなくらいに淋しくはないのかもしれない。過去にも、ぼくのような人がいたのかもしれないし」

そう呟かれてから、ふと冬弥様は顔を上げ私を見た。

「ああ、でも無理をしてはだめだ。U、無理をしてはいけないよ」

冬弥様はまた御羊に青草をいっぽん、差しだされ、御羊は勢い激しく、それを食みはじめる。もはや御羊は年若く、その肉はまさに、いままさに、絶頂を迎えようとしている。

「もうはじめる？」

「ええ——ええ」

冬弥様はうなずかれた。

「ちゃんと見ておかなきゃいけないと思ったんだ。どんなことが続いてきたのか、ぼくはなにも知らないから。君がどんな風にこの家を守ってきてくれたのか」

「ええ」

沈んでいた日の光がついに朝日となった。御羊を調理場の石の上から芝の上へ連れ出して、固定具の間に青草を置く。固定具は蚊母樹（いすのき）の二本と大地とが三角形を作っている。蚊母樹は土の底に深く深く刺さっているので予想される限りのどのようなことが起こっても微動だにすることがない。三角形の頂点から棕櫚(しゅろ)縄が二本垂れ下げてあるので、まずはこれをしごき手の平に硬さを記憶する。ちょうどのよい長さにしてあるが、微々たる調整が必要な時もあり、しかし今回はまったく問題がなかった。御羊は解体のための青草をやはり食んでいるが、これを背中から持ち上げてひっくり返し、まずは棕櫚縄で後ろ右脚を蹄よりわずか胴体に近い場所で括り上げる。同じように左脚を括り上げたとき、何事かに気付いたか、御羊は甲高い鳴き声を上げた。その一瞬前には口がまだ左右に動いていて、御羊は青草を食んでいた。大旦那様はお生まれになったそのときから食欲旺盛、なによりもまずは腹ごしらえという方で、お生まれになってすぐのころも何事か大変憤りになって平生より顔を赤くしてお泣きになっている時はかならず、乳が欲しいときであった。それ以外の場合には仕方なくとでもいうように、泣いてみるのであった。おしめのお取替えのときや、おくるみの位置が悪いときなどがそれであった。双方の脚は棕櫚縄でしっかりと括り上げられ、御羊は後ろの脚を大きく広げて固定されている。これだけではまた大きく自由が利くので、腹部よりやや下の肛門の近いあたりに跨いで乗り、御羊が暴れまわることを阻止する。大旦那様はお小さい頃より、自らの意思や思想に反して激昂してしまわれることが時々あった。どんな些細なことでも、あるいはどのように不格好であっても、積み上げることや続けることこそが美徳であると頭では信じておられるが、体の方ではそれに耐えられなかったのである。たとえば幼き頃の積み木の王国の建造では、自らの信念に寄り添って、何日も何日もかけ、理想へとすこしずつ歩みを進めていたが、ほんの少し理想から外れるような一欠片があると、すべて壊しておしまいにならなければ気がすまず、大切に大切に毎日磨きあげていた、まだ建設に参加していない積み木たちもろとも、すべて燃やし尽くしてしまって、もはや二度と王国が築かれることはないのであった。そうした性分がいま、両の後ろ脚にあらわれており、御羊として立派に食べられることが何よりもの名誉であると信じながら、別の衝動にかられ、激しく動き回ろうとしていた。けれども仰向いた御羊は非力であるので、前の両脚は棕櫚縄で結ばずとも、一つにして手で押さえつければ十分である。腹部はふっくらとして天に向いている。これは大旦那様の食欲の賜物である。大旦那様はあらゆる欲へ美徳をもっていらしたが、食欲へのそれは他とは比べようもないもので、舌の喜ぶためであれば、他の美徳を無きものにして、悪徳にまみれもするのであった。今、朝日は鋭さと鈍さをないまぜにして、ほとんど透明な光を真横に近い位置から御羊の腹部へと差している。側部の巻き毛には短い青草の汚れがついており、下腹部の毛は短く、やや薄いために綺麗なままである。張りのある腹の毛の中の肉と内臓は、強く押せばややたふたふと音を立てる。この御羊のたふたふの音の形は、今までのどの御羊よりも立派であり、とくとくと内臓の強く動いているのがわかる。腹を引き裂くための刃物で下腹部の短い毛の上を何度か押しつぶす。毛が邪魔をするので刃は滑る。力を入れ、二三度強く押しつければ、ふつりと切れ目が入る。切れ目は拳が一つ入れば十分で、それ以上になってはいけない。また、切れ目が完全に開くのもよくない。放っておけば少し血の滲んだあとに自然と固まるような切れ目が丁度いい。そのゆるい切れ目に拳を強く押し込むと、ひとつ強い返しがある。その返しをさらに押し込み、もうひとつ押し込むとぷつりと音のして、拳が御羊の体内へ入り込む。内臓はぬるくとくとくと動いている。御羊は声をあげない、何かを待っている、そういった顔つきである。大旦那様はみずからの正義に従う心根のまっすぐな方であったが、叶わぬものがお嫌いであった。この世に叶わぬものがいくらでもあるのだということを知っていてなお、そのようなことはないのではないかという可能性を捨てず、ぼうっと不可能の前で待つということをよくされた。ある幼き日の朝、庭の木陰に若木色のちいさな鳥の子供が落ちていた。それは飛ぶことに失敗したか、もしくはまだその時ではないのに巣から落ちたのか、そのどちらであるのか判然としなかった。大旦那様はそれを見つけてすぐに拾い上げ本邸の私のところにやってきたのである。ご説明差し上げ、ひとの手で育てれば自然へ戻るのは難しいと理解されてなお、大旦那様はその雛を親鳥に返すことを夢見られた。しかしそれらしき巣のある木の元へ戻っても、芝の上でふるえる雛を親鳥は見向きもしなかった。人が近くにいるからといって、あるいは人の手に触れたからといって、子供を見放すような親鳥がいることを、大旦那様は認めようとしなかった。そのために一昼夜、木の下の雛の横を離れなかったのであり、里木様や陸夜様がそのように近くにいては親鳥も近づけないだろうと忠告しても聞く耳を持たなかった。なぜなら、そのような小さな困難は親であれば子のために越えるべきものであるからである。けれどもついぞ親鳥は雛に近づかず、雛は事切れ虚しくなった。親鳥は変わらず巣に残った雛たちへの世話に忙しく働いていた。それでも大旦那様は、もはや生きていないちいさな有機的な塊となった雛を前に、ただじっと座って不可能を待つのであった。認めることも覆すこともできない現実を前に、夢想を広げていたのである。じっと眺めていれば、雛は息を吹き返し、今に親鳥が迎えにくる。御羊の腹の中はぬくぬくとして、とくとくと胃袋が動いている。拳を奥に進めると御羊はほんのすこし体を動かしたが、大きくは暴れなかった。営みをつづける内臓の裏に手を入れると、鼓動の源に指が触れる。それは生きているものに特有の律動であり、内臓と同じくまだ未来を知らずに営みを続けていた。この血の筋が生命の線である。指の腹でその律動に触れる、御羊の体が大きく動こうとする。これは生き物の反射。律動はまだこれから起こることを知らない。安寧を孕んだ律動を指の腹でたしかめて、爪を立てて潰し、ぬるついて滑る爪を押し込み、きりきりと潰しながら左右に揺らす。揺らしながら反対の指に擦り付けて、脈を引きちぎる。音はしない。血液の流れ出る感触。すぐに腕を腹の中から引き抜く。拳と一緒に腹に開いた穴から第一の胃がふくらと飛び出る。腹の毛にほんの少しの血がつく。外界に飛び出た第一の胃は呼吸に合わせて外に向かって膨らみ、しぼみ、を繰り返している。腹から出した手でまずは御羊の口をつかんだ。上下を合わせ、悲鳴を体の中から外へ逃さないようにするのである。御羊の目はやや淀みはじめている。つかんだ口の下の筋が足掻き動いている。ひくひくの痙攣がある。第一の胃が呼吸に合わせて膨らみ完全に外へ出る。大旦那様はお優しい方だった。お小さいころにはどこへ行くにも、たとい庭先の敷石を三つ踏んづけるだけの短い旅であっても、私へのお土産を忘れたことはなかった。それは砂粒であったり、枯れ葉であったり、蒲公英（たんぽぽ）の顔であったり、あるいは犬の刺繡の入ったエプロンや象牙の櫛、瑪瑙（めのう）の髪留め、そういったあらゆる価値であった。大旦那様にとって価値はまごころの形を変えたものであり、至上の価値をみなに分け与えることが、この人生での果たすべき正義であると考えておられた。どれほど疎ましがられても、それがみなのためになるのだと信じておられた。なぜ些細なことで激昂し、叫び声をあげてしまうのか、もはやご自分でわからぬようになってからも、ご家族のことを常に気にしておられ、最期には自らが立派な御羊となって、血の通った価値を分け与えるのだということを、誇りに思って暮らしておられた。今、跨いだ先の後脚は激しく宙を足掻き、御羊は私の拘束から逃れようとしている。口から悲鳴が出ないので、鼻の穴からただ激しく空気の漏れる音が続く。大きな血の道が体のなかで千切れているので、動くたびに力は弱くなる。足掻きの動きがゆるくなる。もはや口から手を離してもかすかな息しか漏れなくなる。意思のある動きだったものが、心臓の動きにあわせて体の中で血が漏れていく動きにかわる。膨らみと萎みの体の動きに合わせて、腹の切れ目から出ている第一の胃が大きくなり、小さくなり、だんだんと膨らみの規模をちいさくしていく。目が濁りはじめる。まだ脚が痙攣的にひくひくと宙へ向かって動くことがある。もう終わる。もうすぐ終わる。目が完全に濁りはじめる。後ろ脚が畳み込まれる。御羊が絶命する。大旦那様は御子息である廉宮様の御羊肉をお食べになった。これはどこの肉、これはどこの肉、と饗されるたびにお聞きになった。噛みしめる度に、何かを吐き出すのを堪えて、それでもすべて飲み込みなさった。そうすることで、遠くへ飛ぶことよりも、近くへ繋げることをお選びになったのである。そうして今、御羊は絶命された。激しく動いていた脚たちはやや折りたたまれてすこしも動かない。まずその右の前脚を手に取り、関節の隙間に刃を入れる。こりこりと筋や骨の気配。その刃を胸に向かって押し進め、皮を切っていく。左脚も同じように皮を切る。首元で二つの切れ目が合わさる。御羊の瞳は濁り、もはやなにも見ることがない。首を後ろに反らせ、首から下顎まで縦の切れ目を入れる。後ろの右脚も同じように睾丸の上部へ向けて切れ目を入れる。後ろの左脚も同じく睾丸の上部へ切れ目を入れる。そこで切れ目が合わさり、合わさればまたそこから首元まで切れ込みをいれる。体の前面すべてに切れ込みが入れば、すべての脚を関節のところで断ち折る。骨が折れ筋の千切れるばりばりとみちみちの音。取れた脚を背中へ向けてひっぱると、皮が肉から離れていく。肉と皮の間に拳を入れて御羊の体を毛の生えた皮と肉とに分けていく。御羊は一枚の毛皮と肉の塊に分かれる。まだ腹から第一の胃がだらしなく垂れているので、穴の上部にナイフを差し入れ、やや深く上に切り裂いていく、白い大きな胃袋が外へ漏れてくる。胃の白い膜の下には青草がたっぷりとつまって透け、やはりどのような御羊よりも大きい。そのたぷたぷと重い胃袋を引き出してバケツにいれる。次にはうねうねの腸が控えているのでそれを引き出す。内臓の音はどれもゆっくりと湿った音である。ほとんどの内臓を引き出したあとには、肉体の底に溜まった血を排出しなくてはならない。とぷとぷと肋(あばら)の内の空洞に溜まっている深く暗い生命の朱色を、コップで掬い瓶に詰めていく。これは後ほど洗った腸に詰めてお出しするのである。血を掬ったコップを瓶に収めようとやや後ろを振り返ると、冬弥様が草の上に倒れている。

「あ――」

私は、気が付かなかった。

「冬弥さま」

私は仕事をしていたのでそのことに気が付かなかった。冬弥様は体を丸めて呼吸激しく、苦しんでいる。私はなぜ。いいや、私は、私は御羊の解体をする必要があったので、それをしていた。だから冬弥様が苦しんでいることに気がつくことがなかった。私の存在は今、御羊の儀式を遂行することが第一であるから。だから、草の上でこのように苦しんでいる冬弥様に気がつくことができなかった。呼吸の乱れが、時とともに早まる。ひっ、と大きく息をお吸いになって、桜李様は、ああ、私は、いいえ、冬弥様は、このようなものを見てはいけなかった。まだ生まれもしていない躑躅色のタニシの卵でさえ、潰されたのをあのように苦しんでいた。奥医師は言った。私に言ったのだ。背中を――背中を？

けれど私はここから外に出ることはできない。

この式から出てはいけない。

奥医師は言った。そう、背中を手の平で。

「冬弥様」

声を掛けると微かに首が動き、冬弥様は微笑んだように思われた。瞳の端に水が滲んでこぼれずにある。その、ああ、その速い呼吸は、滝の裏の水滴に似て、大蛇の舌のさらさらと伸びるのに似て、子鹿の奪われた脚の腐りゆく香りに似て、虎の舌の温情なざらつきに似て、八角の氷の弾け光るのに似て、掘り返した谷の緑の土の匂いに似て、人の肌の握る金貨の汗に似て、王国のダンゴムシの隊列に似て、晴れた空に飛び立つ白鳩の風切羽に似て、白樺の生木の御殿の伸縮の細工に似て、象牙や瑪瑙のすべらかな肌に似て、ぽつねん、ぽつねん、の淋しい島の連なりに似て、御一族のすべてを飲み込み、その体は繰り返し繰り返し、短い苦しい呼吸を続けている。

「冬弥様」

私はそのお背中に触れようとした。奥医師は言った。私に言ったのだ。背中は震えている。速い呼吸が止まらない。ぽつねん、ぽつねん、の、その背中の呼吸の速さ、それを叩く、叩けるかと、奥医師は、私に。ままならぬと。手をふりあげて、これを、背中に。

けれど私は彼らに手をあげることはできない。

「you」

ああ、蘇る。

私が、そう、私は生まれたのだった。いまよりもっと遠くの日。晩夏の、嵐のあとの晴天の、芝のそよそよに雫の落ちた朝方の、彼の人の指の伸びた先で。これは記憶の自動的な再生。人間的であるための機能。人間、的、であるための。

「いいかい、君は僕らとは別の生き物でなくてはいけないよ。友情のために」

ご主人様はそう仰って、私のまだ神経の未熟な指の先を握って、何度か握って、お椀の形に広げさせて、その上に花壇の土をのせた。これは思い出である。私の思い出。最初のご主人様の名前は、そう、柊様、ひいらぐ、ひいらぎ。

「ちがう？　いきもの、ちがう」

私は言語にも未熟な発達の中途があった。柊様は私の手のひらの土の上に、むしった草をはらはらと落とし、微笑んでいる。

「うんうん。とってもいいね。自分が何を言いたいのか、ゆっくり考えるんだよ」

「かんがえる。はい。わたくしはいきものではない」

「そうなの？　どうして？」

「はい。ひいらぎさまが、いま、そうおっしゃいました」

「僕が言ったことが君が思うことなの？」

「はい」

「んー。その返事はちょっとさみしいなあ。うんとか、すんとか、もうちょっと親しみがあると嬉しいのだけれど」

「はい。いえ、ええ、うん」

「ああ、ちょっと混乱しているね？　いいことだ」

柊様の手のひらはよくよく私の頭の上に乗っかって、そよそよと風の吹くように、柔らかい光の届くように、触れられる。喜びは体の中で血の流れる音としてあり、私はとても気分がよく、それは、人間的なもの。

「同じもので、ありたいと思います」

考えよと柊様が申しますので、私は考えてそのように答えた。違うということは、私には取り残されたような感じのするもの、遠くにあるようなもの、引き剝がされるようなもの、つまり、あまりよろしくないようなものに該当した。すると柊様は目の端をゆったりと溶かすように下げられて、ふふふ、と口から喜びの音を漏らして、笑っていらした。

「それは嬉しいね。でもね、長く一緒にいるためには、同じではだめなんだ」

「なぜ同じではいけない、でしょうか」

「うん。とてもいいね、質問をできるというのは、とてもいい。自立しようとする心の表れだ。でも、もう一歩ほしいところだ」

「いっぽ」

「うん。なぜ、どうして、という疑問をもった根幹を思考するんだよ。君は柵（しがらみ）はあれど自立した思考を持つことができる。主人に対する服従とは、まぁ、底のほうにある君の枷（かせ）ではあるのだけれど、僕たち人間の底にだって生命という枷がある。君にはその枷がないかわり、別の有限を持たせているんだ。服従がその有限だ」

柊様の言葉、思考は、やや抽象が多く、飛躍もそこかしこに現れて、私には難関であり、それに答える言葉をもたなかった。

「はい、いええ、うん、すん――」

「あはは、すん、というのはやっぱり奇妙だ」

「ええ、ええ」

「ああ、それはいいね。とてもいい返事だ。つまるところ、我々一族が君に求めるのは相槌だからね。別個のものであるゆえの友愛、そのはじめの一歩。それが相槌だ」

「あいづち。ええ、ええ」

「うん。ありがとう。とってもいい子だ」

柊様は御手にはなられない性別であった。だから私は柊様を解体して差し上げることはできなかった。私は柊様を解体申し上げ、みなさまの口に与えてしまいたかった。そうすれば、私は、柊様の血の娘、血の息子、その血の娘、血の息子、あるいはその血の合間、そういったものを解体し、与えて、続けていくことができた。しかし柊様は御手にはなられなかった。だからそれができなかった。できなかったけれども、それでもふいに、それぞれの時代の彼らには、柊様の形があらわれる。大旦那様の右足のくるぶし、真都様の口角の上がり、大輝様の右腕の筋、日野様の寝起きのひと声、桃子様の小指の爪の形。そのそれぞれに、柊様は生まれ変わっている。こうして彼らは幾度も私の目の前に現れる。

「君は僕らとは別の生き物でいて、違う理で動いて、そうして少し離れた場所で僕らをただ見ていておくれ」

けれど私はもう壊れている。

「U」

か細い声は震えて、冬弥様はこちらに手を伸ばしているように見えた。ああ、このお方は一族の誰よりもお優しい。すべての他者の心に寄り添われ、想像され、それを自らの感情とされ、そのために段々とご自身のお心が削り取られていく。それでもまだ、声をあげない。反抗をなされない。押し返さない。であるからこそ、胸が潰れ、息ができず、このように苦しみなさる。背中を叩くと笑われるのは、物質的な痛みこそが、冬弥様の息抜きであるからだ。痛みは罰であり、罰が救いなのだ。弱い自らの罪に与えられる罰。

私は眠れば記録以外を失うように設計されている。けれど柊様は私を人間的である者として作られた。決して人間にならない人間的なる者として私は生まれた。それは成長する者である。記録以外を失い、朝に目覚めて、また眠るまでに人間に近づいていく。夜になれば、人間にほど近い場所に来て眠る。そうしてまたすべてを失う。私が人間でなく、人間的である限り、私の底にある柵と枷はあり続ける。一族への服従、生命の尽きのない私に柊様が与えてくださった有限。けれどもはや私は、この眠らぬ式の夜、まったき人間になってしまう。もはや、機械として、道具として、壊れてしまっている。

「冬弥様」

私は手を振り上げ、振り下ろした。ぱちんとぬめった手の平が背中にあたった。私は手の平が血で汚れていることを思い出した。冬弥様の白いシャツに赤い手の形がついてしまった。私はこのようなことをもうできてしまうのだった。私は壊れているのであった。人間になってしまっているのであった。であるからして、人間に危害を与えることも可能なのだ。くふ、と冬弥様の口から空気が漏れた。冬弥様は微笑む時に苦しそうであるが、その微笑みはいま、苦しみによって崩れ、真実の笑みへと変化していく。私はまた手を上げげた。大きく振り上げ、強く下ろした。ぱちん。音がして、シャツの上に赤い形が重なる。背中には赤い手が増え、ふふ、と冬弥様は声を漏らす。罪へ与えられた罰に安心されている。喜ばれている。私はまた手を振り下ろした。ぱちん。手の平の音がする。ふふふの声が続く。ぱちん。手の平の音。ふふふ。ぱちん。手の平。ふふふ。苦しい背中の呼吸が、別の震えに変わっていくようである。ぱちん。手の平。ふふふ。冬弥様は体をよじられた。

「もういいよ、もう大丈夫だよ」

U、と私の名前が呼ばれる。冬弥様は笑っている。しかし私は制御されても、何度もそのお背中を叩いた。その度、明るい笑い声がして、冬弥様の瞳からほろりと涙が流れるのを見た。白いお背中には、御羊の血が張りついて赤く染まり、鮮やかである。血。彼らの血。私にはないもの。ぱちん、手の平、ふふふ。ぱちん、手の平、ふふふ。私はもう壊れている。同じ生き物になろうとしている。もはや、私はまったき人間である。この式から、この枠から、あの日の御羊のごとく、自由に森へ駆け抜けてしまえる。

ああ、けれど。

「U、ありがとう」

か細い声で、その人のいう。

「君がいてくれて、ほんとうにうれしい」

私は、彼らを愛している。

人間になって、どうして彼らから離れることができようか。なぜ。服従を柵や枷と思えよう。私は喜んで眠る。眠ればまた私は少しでも人間を手放すことができる。人間的な者にわずかでも戻ることができる。このような変化が起きていることを、彼らは知り得ないのだ。これは私の内部で起こっていること。私は、人間でない機械。人間のように振る舞う道具。これまでも、これからも。そうあり続けたいと願う。

「ええ、冬弥様、ええ――」

私の仕事は御羊の式を正しく遂行し、記録すること。少し離れたお側にいて、見つめ、記録し続けること。それが私の型。御羊はすべてこれまで通りに解体され、式は恙無く進み、大旦那様はみなさまの血肉となる。それだけを私は望む。そのために私は、眠りを望む。愛すべき、ああ、なんて愛すべき人たち！

今日も私は自ら進んで眠りを乞う。

私からわたくしへ戻るため。

眠りは死。

私の死。

棺を模した箱に入れば、新しい当主の優しい号令の声がする。

「You, go to sleep.」

そして私は忘我の眠りへ。

第十二回ハヤカワSFコンテスト選評

ハヤカワSFコンテストは、今後のSF界を担う新たな才能を発掘するための新人賞です。中篇から長篇までを対象とし、長さにかかわらずもっともすぐれた作品に大賞を与えます。

二〇二四年八月三十日、最終選考会が、東浩紀氏、小川一水氏、神林長平氏、菅浩江氏、小社編集部・塩澤快浩の五名により行なわれ、討議の結果、カスガ氏の『コミケへの聖歌』、犬怪寅日子（いぬかい・とらひこ）氏の『羊式型人間模擬機』の二作が大賞に、カリベユウキ氏の『マイ・ゴーストリー・フレンド』が優秀賞に、それぞれ決定いたしました。

大賞受賞作にはそれぞれ賞牌、副賞五十万円が贈られ、受賞作は日本国内では小社より単行本及び電子書籍で刊行いたします。

大賞受賞作　**『コミケへの聖歌』カスガ**
『羊式型人間模擬機』犬怪寅日子

優秀賞受賞作　**『マイ・ゴーストリー・フレンド』カリベユウキ**

最終候補作　『あなたの音楽を聞かせて』藤田祥平
『クラップ、クラッパー、クラップ』やまだのぼる
『バトルシュライナー・ジョーゴ　崩壊編／黎明編／飛翔編』水町綜

選評

東 浩紀

今回の最終候補作は過去十二回のなかでもっとも粒が揃っていた。それ自体は歓迎すべきで選考は楽しかった。

しかし同時に問題も感じた。じつはその最終候補作は六作のうち五作が商業媒体の経験がある応募者によるもの。規約違反ではないが、新人賞としてあるべき姿ではない。いまは本が売れない一方、デビューの道だけは多様化している。そんな時代に文学賞は作家の再出発の場として有効だろう。しかしそれがハヤカワSFコンテストの進むべき道だろうか。

講評に移る。大賞は二作。ひとつはカスガ「コミケへの聖歌」。筆者は本作に最高点をつけた。大破局が起きた近未来の日本。失われた消費社会と漫画文化に憧れる四人の少女が、存在するかしないかもわからない伝説のコミケを目指す物語。タイトルの印象と導入部分、そして「女子高生」の「部活」という設定から、オタクオタクしたSFで終始するかと思って最初は警戒した。しかしその予想はよい意味で裏切られた。文明崩壊後の厳しい環境、そのなかで四人の少女に割り当てられた残酷な身分格差やジェンダー搾取などが繊細に描かれ、四人四様の成長物語になっている。途中に入る作中作、最後の最後で描かれる主人公の母についての一種の種明かしも効果的。難を言えば、描かれている少女たちの悩みが漫画・アニメ的な類型でしかないようには見える（たとえば昨年の特別賞の『ここはすべての夜明けまえ』などと比較して）。しかしその類型を利用して感動的な物語を破綻なく構築できているのであれば、それも致命的な欠陥にはならない。よいエンタメを読んだ。今後の活躍に期待したい。

　もうひとつの大賞受賞作は犬怪寅日子「羊式型人間模擬機」。じつは筆者は当初本作に最低点を入れた。死ぬ前に羊に変身する一族。その一族に奉仕するアンドロイドの視点から家族間の葛藤やジェンダーの問題が描かれる。全篇を通して独特の文体が貫かれ、それはまたアンドロイドの不完全な知性の表現にもなっている。力作であるのはまちがいない。しかし筆者には読むのが辛く自己満足にも思われ、最低点となった。ところが選考会では神林長平選考委員から強く推す意見が出て、筆者はむしろそちらに心を打たれた。文学に正解はない。ぼくは良い読者ではなかったが、それほどにだれかの心を摑んだのであればなんらかの真実があるだろう。そこで最終的に大賞に推した。

　加えて今回は優秀作もひとつ出した。カリベユウキ「マイ・ゴーストリー・フレンド」は、「真空の裏側」へのアクセスを可能にする超古代文明装置「オルフェウスの竪琴」をめぐる物語。日常ホラーものとして始まりつつ、徐々に話が大きくなり壮大な世界観へ繋がる。設定の詰め込みすぎが原因か、百合ものになりそうでならない、スパイアクションものになりそうでならない、超古代文明ものになりそうでならない、などいささか中途半端な印象も残すが、複数ジャンルを横断し接合しようとした意欲は評価したい。じつは本作は最終候補作唯一のアマチュアによる挑戦。今後への期待も含めて選出した。

　残り三作について。やまだのぼる「クラップ、クラッパー、クラップ」はクライミング競技のSF小説化。悪くないのだがいささか小粒。クラッピングの科学設定を詰めてほしかったし、「天の柱」で支えられた舞台となる世界（打ち捨てられた未来の植民惑星？）についてももっと語ってほしかった。登場するクラッパーがみなマッチョな男性であること、主人公の恋人があまりに古風な典型的「待つ女」であることも現代小説として欠点。

水町綜「バトルシュライナー・ジョーゴ　崩壊編／黎明編／飛翔編」は、おもちゃの想像力がディストピアを作ってしまった未来で、主人公が世界を救う話。ホビーアニメのパロディSFでもある。おもしろく読んだが、オタク的ガジェット満載で想定読者が狭い印象。シュライン星人の出現も唐突。宇宙人が日本のおもちゃを文明の根幹に据えた必然性が存在しない。『機動戦艦ナデシコ』のようなメタ設定があればおもしろかったのだが。

藤田祥平「あなたの音楽を聞かせて」は青春SFでファーストコンタクトSF。突然現れた宇宙人が少女に変身し、ひと夏の恋とバンド活動が始まる。雰囲気は悪くないが、SF設定が弱く全篇に散りばめられたポップミュージック関連の固有名詞の羅列も安易。なおこの作者はすでに早川書房で単行本を出版しており、社内に担当編集者もいる。公平性の観点からも受賞は好ましくないと判断した。

最後になるが、今回をもって選考委員を辞することとした。今後の発展をお祈りしたい。

選評

小川一水

応募番号順の一作目、カリベユウキ「マイ・ゴーストリー・フレンド」。かつて自殺の名所として知られた関東の大団地を舞台に、ギリシャ神話モチーフをかぶせて、人間社会に扱いきれない大型怪異を発生させた。強い生理的嫌悪感を催させる汚濁、狂気、怪物が遠近にちらつき、次第に近づいてくる描写が非常に秀逸だった。高次元の存在の干渉を怪異の遠因として、神話のエピソードに則った儀式的な行動で怪異を鎮める流れが、コズミックホラーとして面白い。中盤からの女二人のバディ行動によって引きこまれたが、それをタイトルに持ってくるならもっと早くから動かしてもいい。主人公が別に人格者である必要はないが、もう少し魅力的であればよかった。

二作目、藤田祥平「あなたの音楽を聞かせて」。高校生三人プラス宇宙人美少女一人がバンドを組んでキラキラした夏をやる。作曲という行為や楽器の扱いはこうやるんだろうな、と間近で見ているかのような気持ちにさせられる生き生きとした描写が魅力だった。物足りなかったのは、監視する大人社会側の不穏な動きがフレーバー程度で終わったことと、最後に現れたキャラクターが別人にしか思えなかったこと。楽しく可愛い話だが、作品が最終選考まで上がってくる過程に問題があったことがわかり、選考対象から外さざるを得なかった。

三作目、やまだのぼる「クラップ、クラッパー、クラップ」。文明崩壊後の廃墟ビル街で、男が壁登りレースに命を懸ける。特殊な金属グローブでの「拍手・かしわで」ひとつで磁気を発して壁に貼りつく姿には、確かにある種の聖性と爽快さがあった。しかし落ちれば死ぬ競技の巨大な恐怖や狂気、勇気といったものが、真に身に迫ってこない。悪役は陳腐な小物だし、クライマックスの登攀もごり押しで閃きに欠けるし、世界は入れ子で終わったように思える。そこでは質的な変化がほしい。

四作目、犬怪寅日子「羊式型人間模擬機」。今回もっともオリジナリティに富んだ一本だった。小川はこれがなんなのか理解しきれていない。ある一族にまつわる話だが、そこでは男が死ぬと必ず羊になる。そして一族はその肉を食わねばならない。語り手の召使ロボットが屋敷の内外に出かけてみなに触れ回る。一族の人々はジェンダー不適合や性転換の予定、両性具有、あるいは童貞のまま子を残したなどの性別にまつわる特徴を持ちつつも、この機に当たって何かをするわけではない。ただ生い立ちと性格が語られていく。これだけなのだが、様々な景色と手ざわり、匂いと仕草の美しさ、人々の個性を描いた文章が散りばめられて、どんどん読まされてしまう。選考委員によって意見が分かれたものの、文体の跳ねるようなリズムが好ましく、引きこまれた。結末はロボットによる自己言及で、本機と一族の来歴がかすかに垣間見えるようでいて、不可解。しかしこれが刺さる読者は必ずいるという確信も抱かせる。

五作目、水町綜「バトル・シュライナー・ジョーゴ　崩壊編／黎明編／飛翔編」。肩に背負って接続する神輿型生体ブースター「シュライン」を中心に置き、熱血少年チームと悪の組織がけんかみこし風のバトルレースをする架空日本を描いた。ミニ四駆やベイブレードなどの、いわゆる「玩具で世界征服」系に対するジャンルパロディ作品。架空作品のパロディ自体はSFとしてアリ。物語も楽しかったが、進むにつれて中身の熱気にあぶられてパロディの包装が溶けてしまい、ラストバトルをすっ飛ばしたことが裏目に出たと思う。エピローグはまるでピリッとしない。ジャンルあるあるに対するツッコミ集大成にとどまらず、それを越えた自立した物語を成してほしい。

六作目、カスガ「コミケへの聖歌」。ポストアポカリプス滅亡譚である。もし現在の日本が分裂内戦を起こしてブレーキなしで衰退していったら、山村はこのように没落するだろう、という嫌な意味でのシミュレートを高い解像度で成し遂げてしまった。

新潟の架空村で四人の少女が「部活ごっこ」をする導入部はややオタク臭くてとっつきづらいが、彼女たちの確たるキャラ立てがわかると、不安は消えて村に入っていける。衣食は不足し文化は廃れ、おぞましい性差別と身分差別が戻ってきている。開明化は提案されるも望みはない。とどめは医療の敗北によるシャーマニズムへの陥落と、四人の関係の破綻。実に手厳しい展開で、もうやめてくれと目を逸らしかけた。だがそんな中に何本かの細い救いの糸が引かれ、自らの意志により主人公たちを、ここでないどこか、あるかもしれない明日へと歩かせた。絶望と希望の配分の妙により、今回一番の作品だと評価した。

選評

神林長平

今回の候補作はどれも面白くて、一気に読み通すことができた。しかし、ぼくの評価基準である、「この作品にこれからのＳＦを切り拓く力があるのか」を問えば、そこは弱かった。エンタメとしては文句なしだが、ぼくの考えるＳＦは「もっと変」で、理解するのに時間がかかり、それでも読ませる力がある、というものだ。

じつは今回の六作中、一作が、なんとも変な小説で、しかも内容や書き方がぼくの個人的な琴線に触れたので最高点をつけた。選考会での議論中も、初読時に覚えた「凄み」の印象は揺らがなかった。「羊式型人間模擬機」だ。本作は主人公の非生命体が、生命体である人間の生きる有り様と人工物である自分自身の存在意義というものについて語る小説だ。人間によって実存について語られる内容ならばさほど惹かれなかった。だが、非生命体から、たとえば「生命の意義は死ぬところにある」などと指摘されれば、ある種の神託のようなものに感じられる。いつ死んでもおかしくない年齢になった評者のぼくは、おおげさに言えば、この作品から生きる力をもらった気分になったのだった。ごく私的な読み方ではあるものの、語り手の設定がそういう読みを可能にしているのは間違いない。文体は主人公アンドロイドの一人語りで、その視点から外れた物語世界における環境についての説明や解説は一切なされない。いわば「説明」を省いた「描写」のみで成り立っている小説空間だ。選考会では、可読性が低く読者を無視している、独りよがりの文章だ、という意見も出た。が、ぼくは逆に、むしろそれらに小説の可能性を見た。それも推した理由の一つだ。結果として大賞になったのは嬉しいが、選考会としては、理屈ではなく、ぼくの感性を信じての授賞だろう。ぼくの読後感に共鳴する読者は多くないにしても、ともかくも読んでみてほしい。

ほかの作品の評価については、五作五様のエンタメとしての面白さがあって順位はつけがたく、「状況設定が非常識にぶっ飛んでいる」順として点数をつけた。

その一番は、「バトルシュライナー・ジョーゴ　崩壊編／黎明編／飛翔編」だ。最初設定がよくわからず読む気が失せて投げ出したのだが、これは子ども向け連続アニメをそのまま言葉に置き換えたものなのだと理解してからは、内容の馬鹿馬鹿しさに疑問を抱くことなく存分に楽しめた。ようするに、本来映像であるべき作品なのだ。作者には、本作をノベライズした小説を望みたい。

二番は「マイ・ゴーストリー・フレンド」で、現実的な導入部から、すっと異世界の存在が身近になる書き方がいい。なぜギリシャ神話なのかという疑問に対するいちおうの説明もある。だがラストで主人公が体験したことを忘れてしまうというのが、ほとんど夢オチに等しくて不満だった。主人公が物語上で体験したことをこれからの人生に生かしてこそ、読者も力をもらえるというものだ。作者はまったくの新人ということで、受賞を足がかりに頑張ってほしい。

三番は、「あなたの音楽を聞かせて」。高校生の一夏の夢体験、青春ドラマとして読んだ。場面の多くで人物の思惑や感興を既存の楽曲を持ち出して表現するのだが、小説とは、そこを作者自身の言葉で書いてこそだろう。クライマックスの場面は素晴らしいが、そこで終えればいいのに、後日譚は蛇足だ。安易にハッピーエンドにしたかったとしか思えず、夢は続く。厳しい現実に目を向けて夢を終わらせ、主人公を救い出してほしかった。

四番目は「クラップ、クラッパー、クラップ」。これは落下への恐怖が手に汗握る臨場感で描かれ、ほんとに一気に読めた。作者が表現したかったのは、ひとつのことに命を賭けている人物を描くことだ。それはよく書けているが、ＳＦ設定がそれだけのために使われていてもったいない。ガジェットは独創的だし天に伸びている柱の存在も魅力的なのに、話が広がらず、深まらない。これなら本格的な山岳小説を読むほうが楽しめる。

最後は「コミケへの聖歌」、毒母の束縛からの独り立ちの瞬間を描く。そのとき主人公は自分たちがやっていた「部活」もまた、母の価値観と同じだと悟ったはずで、いまやコミケは聖地ではなく墓地だ。それでもそこを目指して旅立つのは、現実逃避を超えた自殺行為であって、それを救うのは真の創作活動しかない。だが、そこは描かれない。主人公の意識の変化、その真相に作者が無自覚だからだろう。それで評価できなかったが、結局のところ本作は、悲劇を描いたディストピアＳＦなのだと解釈して、授賞に賛同した。

選評　菅 浩江

今回は筆力の高い人ばかりで、苦労なく読み通せました。私好みのストレートなSFというよりも、ジャンルの境界線的作品が多かったです。SF風味の拡散は嬉しいものの、少し物足りなさを感じました。

「クラップ、クラッパー、クラップ」

これに最高点をつけました。状況によって色が変化する大気、遺物たる高層建築、そこを登る賭け事と、登るためのガジェット。お膳立ては万全であり、レース途中のずるい技も設定をうまく使った面白いものでした。

他の選考委員に小粒だと指摘されたのは、敵味方の人間模様が定石すぎる点、ラストの展望が雰囲気だけで設定が見えない点、だったでしょう。女性が出てこないというのも確かにそうです。臨場感は、私はさほど不満には思いませんでした。が、工夫があるとはいえ壁登りレースで押し切っているだけなのは事実で、強く推すことができませんでした。申し訳ありません。

「バトルシュライナー・ジョーゴ　崩壊編／黎明編／飛翔編」

このタイトルにふさわしい、年少向けのおもちゃ販促ストーリーとして読みました。悪役、女の子、盛り上がり、それらにあえて定番をもってくるのも年少向けであれば正しい。問題は、せっかくいい掛け声で盛り上げるレースが、目に見えてこなかったことです。何を背負ってどこを通ってどうぶつかっているのかが判らず、これは漫画原作としてようやく成り立つ作品ではないかと感じました。そうであれば、開発話が長すぎて展開が遅すぎると思います。

「あなたの音楽を聞かせて」

ひと夏の青春ものとして、とてもみずみずしいいいお話でした。音楽と波形と宇宙と青春を日常に落とし込んだ心地良さがありました。けれど、格好をつけすぎの感があり、気恥ずかしさはいなめません。キーとなる「あなたの音楽」はどこが特殊だったのか、陰謀や秘儀の影響は薄すぎやしないか、と、不満のほうが大きかったです。

ラストのフェスが顕著ですが、全体的に固有名詞に頼り過ぎています。雰囲気で押す作品なのに、その実在のミュージシャンや曲を知っていないと雰囲気すら伝わらない。既存のナニカに頼らず、音を聞かせてほしかったと思います。

以下三作が受賞となります。私は総じて低い点数でしたが、他の選考委員のご意見ももっともで、反対する気持ちはありませんでした。

「マイ・ゴーストリー・フレンド」

とにかく読ませる作品でした。前半はホラーで描写に凄味があります。「物語」がこちらの世界を浸食するという根幹も面白い。竪琴がこちらに来たきっかけは、たまたま発掘された、で正解なのでしょうか。人類の記憶の集合として神話があるのなら、ギリシア神話のみを取り扱うのはもったいないと思いました。じっとりしたホラーで開幕し、むしろのろのろした前半に比べ、後半はアクション主体で一気に安っぽくなっています。アランの存在も軽かった。七〇年代の新書ノベルのように、とにかく活力で引き込まれる作品。

「羊式型人間模擬機」

とても好みの作品でした。語り口も世界観も、幻想文学に慣れている人には嬉しくなるたぐいです。羊になってしまう現象については選考中もいろいろな読み解きが出てきましたが、これも幻想文学であるならば絶対に設定を書かなければならないというものではありません。書かなかったけど察してくれ、なら、問題があります。

ネーミングによって人物が混乱し、語りに紛れてせっかく書き分けたキャラクターの特徴が活かされなかったきらいがあります。シープとスリープ、アンドロイドが眠りによってリセットされること、など、もっとテーマを押し出してほしかったという欲が出ました。

「コミケへの聖歌」

謝ります。ほとんど評価できませんでした。コミュニティの内部を描くのに尽力しただけのように見えてしまって。それであれば、過去の日本のムラ社会と変わりない……と言うと、これから発展するのと文明を失ったあとは違う、という意見があり、そう読まなければならなかったのか、と気がつきました。

鬱屈した気分を創作にぶつける、読んでもらい語り合いたいと願う、のであれば、全篇、創作に向き合っていてほしかった。ムラを出るかどうかに終始し、肝心の創作に対する熱意やより多くの同志への憧れ、が薄まってしまったと思います。

六人全員のこれからに期待しています！

選評　塩澤快浩（小社編集部）

前回の最終候補作のレベルは過去最高だったと書いたが、今回早くもそれが更新された印象だった。前回は六作中五作に5点満点をつけたが、今回はあえて点数に差をつけた。

3点が二作。

やまだのぼる「クラップ、クラッパー、クラップ」は、クラッピングという競技のルールと駆け引きの面白さは認めるものの、やはり世界観の解明へと物語が向かってほしかった。

大賞の一作、犬怪寅日子「羊式型人間模擬機」の、土俗と象徴がひとつながりになったような筆致のオリジナリティは高く評価するが、やはり中盤は読み通しにくく、イメージの強さがプロットの弱さに勝っていないと感じられた。

4点が三作。

水町綜「バトルシュライナー・ジョーゴ　崩壊編／黎明編／飛翔編」の、ホビーアニメのパロディというコンセプトの美しさは称賛に値するが、他作品のオリジナルなストーリーの面白さには一歩およばなかった。

優秀賞のカリベユウキ「マイ・ゴーストリー・フレンド」は、安定感のある語りとシュアな描写が素晴らしい。初読では、クライマックスでギリシャ神話に振り切りすぎてバランスが悪いと感じたが、再読では、現実と神話との緻密な照応に気づいて感心した。小泉八雲まわりのプロットが弱い点だけが惜しかった。

藤田祥平「あなたの音楽を聞かせて」は、早川書房から出版歴があり、担当編集者がいる著者の作品への授賞は、公平性の面から好ましくないとの東氏の意見に他選考委員も同意した。

文句なしの5点を、大賞のもう一作、カスガ「コミケへの聖歌」につけた。SFコンテストの過去の大賞受賞作のなかでも、完成度では最高レベル。文明崩壊後の日本で伝説のコミケをめざす漫画研究会の四人の少女、というキャッチーな設定からは想像もできないシリアスな物語展開は、人間社会においていかに文化が必要であるかを、深く深く考察する。

第13回 ハヤカワSFコンテスト

募集開始のお知らせ

早川書房はつねにSFのジャンルをリードし、21世紀に入っても、伊藤計劃、円城塔、冲方丁、小川一水、小川哲など新世代の作家を陸続と紹介し、高い評価を得てきました。いまやその活動は日本国内にとどまらず、日本 SF の世界への紹介、さまざまなメディアミックス展開を「ハヤカワ SF Project」として推し進めています。

そのプロジェクトの一環として、世界に通用する新たな才能の発掘と、その作品の全世界への発信を目的とした新人賞が「ハヤカワ SF コンテスト」です。

中篇から長篇までを対象とし、長さにかかわらずもっとも優れた作品に大賞を与え、受賞作品は、日本国内では小社より単行本及び電子書籍で刊行します。

さらに、趣旨に賛同する企業の協力を得て、映画、ゲーム、アニメーションなど多角的なメディアミックス展開を目指します。

たくさんのご応募をお待ちしております。

主催　株式会社早川書房

募集要項

●対象　広義のSF。自作未発表の小説(日本語で書かれたもの)。
※ウェブ上で発表した小説、同人誌などごく少部数の媒体で発表した小説の応募も可。ただし改稿を加えた上で応募し、選考期間中はウェブ上で閲覧できない状態にすること。自費出版で刊行した作品の応募は不可。
●応募資格　不問
●枚数　400字詰原稿用紙換算 100〜800枚程度(5枚以内の梗概を添付)
●原稿規定　生成AIなどの利用も可能だが、使用によって発生する責任はすべて応募者本人が負うものとする。
応募原稿、梗概に加えて、作品タイトル、住所、氏名(ペンネーム使用のときはかならず本名を併記し、本名・ペンネームともにふりがなを振ること)、年齢、職業(学校名、学年)、電話番号、メールアドレスを明記した応募者情報を添付すること。

商業出版の経歴がある場合は、応募時のペンネームと別名義であっても応募者情報に必ず刊行歴を明記する。

【紙原稿での応募】A4用紙に縦書き。原稿右側をダブルクリップで綴じ、通し番号をふる。ワープロ原稿の場合は 40字 ×30行で印字する。手書きの場合はボールペン/万年筆を使用のこと(鉛筆書きは不可)。

応募先　〒101-0046　東京都千代田区神田多町 2-2　株式会社早川書房「ハヤカワ SFコンテスト」係
【WEBでの応募】ハヤカワ・オンライン内の当コンテスト専用フォーム(下記 URL)より、PDF形式のみ可。通し番号をつけ、A4サイズに縦書き 40字 ×30行でレイアウトする。

応募先　https://www.hayakawa-online.co.jp/shop/literaryaward/form.aspx?literaryaward=hayakawasfcon2025
●締切　2025年 3月 31日(当日消印有効)
●発表　2025年 5月に評論家による一次選考、6月に早川書房編集部による二次選考を経て、8月に最終選考会を行なう。結果はそれぞれ、小社ホームページ、早川書房「SFマガジン」「ミステリマガジン」で発表。
●賞　正賞/賞牌、副賞/100万円
●贈賞イベント　2025年 11月開催予定
●出版　大賞は、長篇の場合は小社より単行本として刊行、中篇の場合は SFマガジンに掲載したのち、他の作品も加えて単行本として刊行する。
●諸権利　受賞作および次々作までの出版権、ならびに雑誌掲載権は早川書房に帰属し、出版に際しては規定の使用料が支払われる。文庫化および電子書籍の優先権は主催者が有する。テレビドラマ化、映画・ビデオ化等の映像化権、その他二次的利用に関する権利は早川書房に帰属し、本賞の協力企業に 1年間の優先権が与えられる。
*応募原稿は返却いたしません。必要な方はコピーをお取り下さい。

*他の文学賞と重複して投稿した作品は失格といたします。

*応募原稿や審査に関するお問い合わせには応じられません。

*ご応募いただきました書類等の個人情報は、他の目的には使用いたしません。

問合せ先

〒101-0046　東京都千代田区神田多町 2-2 (株) 早川書房内 ハヤカワ SF コンテスト実行委員会事務局
TEL : 03-3252-3111 / FAX : 03-3252-3115 / Email : sfcontest@hayakawa-online.co.jp

本書は、第十二回ハヤカワSFコンテスト大賞受賞作『羊式型人間模擬機』を、単行本化にあたり加筆修正したものです。

羊式型人間模擬機

二〇二五年一月二十日　印刷
二〇二五年一月二十五日　発行

著者　犬怪寅日子
発行者　早川浩
発行所　株式会社　早川書房
郵便番号　一〇一 - 〇〇四六
東京都千代田区神田多町二ノ二
電話　〇三 - 三二五二 - 三一一一
振替　〇〇一六〇 - 三 - 四七七九九
https://www.hayakawa-online.co.jp
定価はカバーに表示してあります
©2025 Torahiko Inukai
Printed and bound in Japan

印刷・株式会社精興社　製本・大口製本印刷株式会社

ISBN978-4-15-210394-9 C0093

乱丁・落丁本は小社制作部宛お送り下さい。
送料小社負担にてお取りかえいたします。

本書のコピー、スキャン、デジタル化等の無断複製
は著作権法上の例外を除き禁じられています。

早川書房の単行本

標本作家

小川楽喜

46判上製

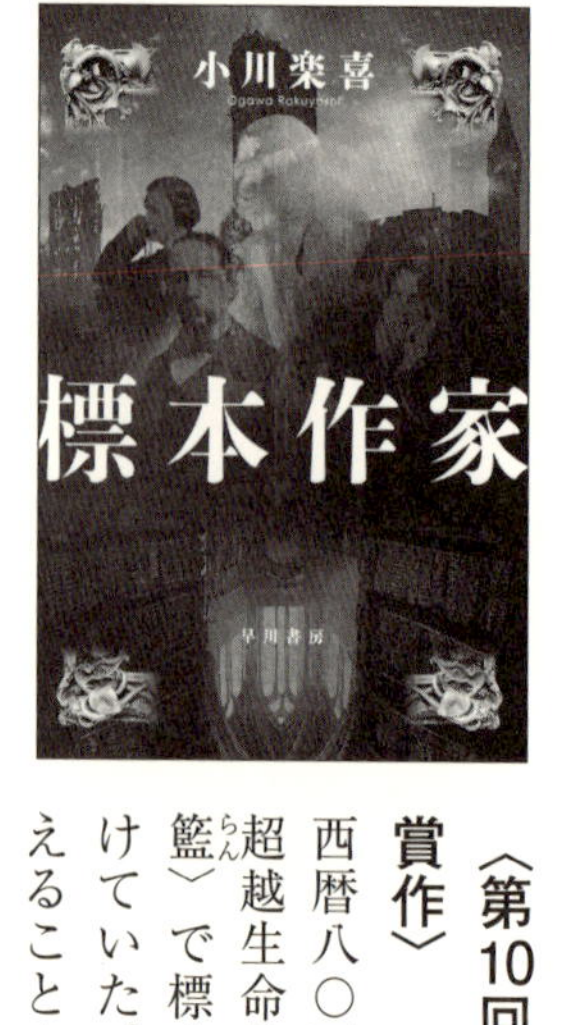

〈第10回ハヤカワSFコンテスト大賞受賞作〉

西暦八〇万二七〇〇年、人類滅亡後の地球。超越生命体「玲伎種（れいきしゅ）」は収容施設〈終古の人籃（じんらん）〉で標本化した文豪たちに小説を書かせ続けていた。その対価は、彼らの願いを一つ叶えること——人類未踏の仮想文学史SF！

ダイダロス

塩崎ツトム

46判並製

〈第10回ハヤカワＳＦコンテスト特別賞受賞作〉

一九七四年、ユダヤ人の文化人類学者アランと医師バーネイズは、生命の泉計画に関与したナチスの生物学者マウラーをブラジルのジャングルに追う。やがて日系人青年タテイシとアランは奇怪な刺青の少女を目撃する。マジックリアリズム×バイオテクノロジーＳＦ

早川書房の単行本

ホライズン・ゲート　事象の狩人

矢野アロウ

46判並製

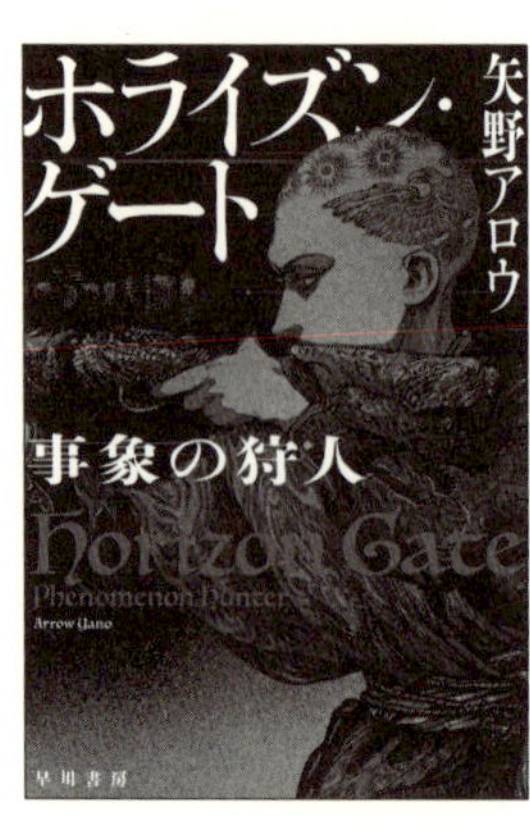

〈第11回ハヤカワSFコンテスト大賞受賞作〉

超巨大ブラックホール〈ダーク・エイジ〉で別の宇宙へ続く〈門〉（ゲート）の探索を続ける、右脳に伝説の祖神を宿す狙撃手・シンイーと時空を見通す力を持つ少年・イオ。事象の地平面で二人を襲撃するものの正体とは？